네르가시아 장편소설

FUSION FANTASTIC STORY

도시 무왕 열대기

도시 무왕 연대기 11

네르가시아 장편소설

초판 1쇄 찍은 날 § 2016년 7월 14일
초판 1쇄 펴낸 날 § 2016년 7월 21일

지은이 § 네르가시아
펴낸이 § 서경석

편집책임 § 최지원

펴낸곳 § 도서출판 청어람
등록번호 § 제387-1999-000006호
등록일자 § 1999. 5. 31
어람번호 § 제1-2485호

주소 § 경기도 부천시 원미구 부일로 483번길 40 서경B/D 3F (우) 14640
전화 § 032-656-4452 팩스 § 032-656-4453
http://www.chungeoram.com
E-mail §chungeorambook@daum.net

ISBN 979-11-04-90893-4 04810
ISBN 979-11-04-90445-5 (세트)

네르가시아 장편소설
FUSION FANTASTIC STORY

도시

무왕

연대기

S서출판 청어람

목차

외전. 운명

페르시아만 해협을 지나 인도양으로 가는 길목.

쏴아아아아!

명화방의 선단이 교역품을 가득 싣고 동북아시아로 향하고 있다.

선단주는 명화방의 차기 방주인 천아성으로, 임시 방주인 아버지 다니엘 트레이슨의 명령을 받아 아프리카 희망봉에서 아라비아, 인도를 거쳐 동북아시아로 향하는 중이다.

명화방은 유럽에서 인기가 좋은 인도의 면직물이나 중국의 비단, 향신료 등을 수입해서 팔고 다시 그곳에서 사치품 등을 구입해서 역수출을 꾀하였다.

아라비아 지역에 분타를 둔 명화방은 아프리카, 중동, 유럽, 인도, 동남아시아에 이르는 거대한 세력권을 가지고 있었다.

방은 각 지역에 명화방의 금자와 은자를 보급하고 상선과 인력을 투입하여 수익을 거두고 그 수익을 재분배하여 방을 유지하였다.

원래 한줄기이던 명화방은 특유의 끈끈함과 탄탄한 조직력으로 아라비아 반도의 해상 교역까지 장악하고 있었다.

다만 명화방이 명이나 조선, 일본열도와 같은 지역에 방을 둘 수 없는 것은 바로 일월신교의 그림자 때문이었다.

그들은 여전히 역당으로 간주되어 명의 조정이 추격전을 벌이고 있는 형국이었다.

명화방은 명에게 줄을 댈 수 없으니 다른 길을 찾아 나서기로 했다.

그것은 바로 동북아시아의 또 다른 세력인 조선의 대상인들과 화친하여 명나라와 일본으로 넘어가는 것이었다.

조선은 북으로는 명, 남으로는 일본과 맞닿아 있기 때문에 이들과 화친한다면 명화방으로선 숨통이 트이는 일과 다름이 없었다.

천무혁은 조선의 대상인들과 화친하여 조선 조정에 줄을 대고 그들을 통하여 명으로 들어가는 길목을 튼 것이다.

무혁의 피와 땀이 진하게 밴 이 선로는 이제 손자 아성이 이어 나가고 있는 중이다.

그는 총 여섯 척의 배에 실린 교역품들을 점검하고 첫 번째 목표 지점인 인도 남부 지역에 배를 댈 준비를 하고 있었다.

"육지까지 얼마나 남았지?"

"대략 사나흘이면 도착합니다."

"이곳에서 물자를 재보급하고 삼 일 후에 조선으로 향한다."

"예, 알겠습니다."

명화방은 주로 아라비아반도나 아프리카에서 나오는 금을 교역을 통하여 획득하고 그것을 분타로 다시 재분배시킨 후 특산물을 수집하여 교역하게 된다.

서로 수집한 물건 중에서 유행품들을 골라내고 더 나아가선 이문이 많이 남는 물건들을 조선으로 보내는 것이다.

복잡하게 얽힌 교역로의 최종 목적지는 결국 조선인 셈이다.

희망봉에서 출발한 명화방의 교역선은 동북아시아에서 비싼 값에 팔리는 물건들을 차례대로 선적하여 조선으로 향한다.

물건을 선별하고 선적하는데 꼬박 삼 일이 걸리며 쉬지 않고 몇 달을 원행하여 조선에 닿는 만큼 이 상선에 타는 선원들은 3년에 한 번 집에 들어가기도 힘들었다.

천아성은 젖먹이 시절부터 이 교역선을 타고 다니면서 자랐기 때문에 딱히 어디가 고향이라고 말하기가 어려웠다.

그는 누군가가 고향을 물어본다면 '바다'라고 말하고 다닐 정도로 자유분방하고 호탕한 장사꾼이 되었다.

전 세계 각지의 언어를 모두 사용할 줄 아는 천아성의 외모는 동양과 서양, 그리고 아라비아계의 중간이라고 할 수 있었다.

어찌 본다면 상당히 특이하게 생겼다고 볼 수도 있지만 어떤 면에선 친근한 인상이기도 했다.

그는 인도의 분타에서 물자를 재보급하고, 남은 공간은 모두 인도의 특산물로 가득 채울 것이다.

이제 조선에 배를 대기만 하면 일 년 동안 꼬박 고생한 대가를 받아 챙길 수 있게 되는 셈이다.

인도 분타의 항구로 들어선 아성에게 분타주 살만이 다가와 고개를 숙였다.

"소방주님, 오셨습니까?"

"모두 잘 지내고 계셨지요?"

"물론입니다. 어르신께서도 강녕하십니까?"

"이곳에 오기 전에 잠깐 뵈니 뭐 그럭저럭 걸어 다니실 만한 모양입니다."

"부디 병마와 싸워 이기셔야 할 텐데요."

"아라비아 의원들이 돌보고 있으니 금방 쾌차하실 겁니다."

임시 방주 다니엘 트레이슨은 지금 아프리카 사막에서 얻은 풍토병으로 인해 40도가 넘는 고열에 시달리고 있었다.

매번 간헐적으로 찾아오는 열병 때문에 다니엘의 몸은 극도로 쇠약해져 있는 상태였으며, 정신을 붙잡고 있는 것이 신기할 정도였다.

워낙 바깥에서 오래 생활한 아성은 다니엘에게 깊은 부정을 느끼지는 못했으나 소방주로서의 책임감은 깊이 절감하고 있었다.

그는 어떻게든 동북아시아 북방 지역까지 진출하여 명화방을 다시 고비 지역으로 되돌려 놓아야 한다고 생각했다.

천아성은 인도의 분타주 살만에게 부탁해 둔 일에 대해 물었다.

"제가 일전에 말씀드린 것은 어떻게 되었습니까?"

"북해빙궁의 표국 무사들에 대한 것 말씀이십니까?"

"예, 그렇습니다."

일월신교의 가장 큰 우호 세력이던 북해빙궁이 멸망하면서 남은 표국 무사들이 어디에선가 살아남아 있을 것이라는 추측이 방 내에 맴돈 지 어느덧 30년이 지나가고 있었다.

하지만 여전히 그들의 족적을 추적하는 일이 그리 녹록지 만은 않았다.

천아성은 장사꾼들의 귀를 통하여 북해빙궁에 대한 정보를 수집하고 있었는데, 살만 역시 그러한 부탁을 받았다.

그는 허리춤에서 두루마리 하나를 꺼냈다.

"받으시지요."

"이게 뭡니까?"

"제가 서장과 비단길을 지나는 상인들에게서 받은 소식입니다."

아성은 두루마리를 풀어서 그 안의 내용을 살펴보았다.

[해북 상단: 대행수―설민웅.]

"해북 상단?"

"조선에 근거를 두고 있습니다. 조선왕조가 들어서기 전부터 장사를 해왔다고 하더군요."

"멸망한 고려에서부터 기틀을 잡아온 것이군요."

"그렇다고 볼 수 있습니다."

"남으로는 일본열도와 그 아래 류큐 왕국까지 손길이 닿는다고 합니다."

"흐음."

"만약 줄을 대어줄 수 있는 상인을 원하신다면 소개해 드릴 수도 있습니다."

"어디로 가면 됩니까?"

"조선의 울산포로 가시면 됩니다."

아성이 조선에서 가장 먼저 행낭을 푸는 곳은 한양의 마포 나루이고 두 번째는 노량진이다.

그 이후에 공주목 인근의 마량포를 통하여 금강의 상류까지 원행하였다가 다시 뱃머리를 돌려 나주목의 목포로 향할 것이다.

나주에서의 일정을 마치면 탐라에 배를 대었다가 다시 부산포에서 마지막 여정을 보내게 된다.

"부산포에서 울산포까진 얼마나 걸립니까?"

"뱃길로 하루나 이틀, 길어도 삼 일이면 족히 갈 겁니다."

"그렇군요. 잘 알겠습니다."

울산포를 비롯한 조선의 동부 해안은 거의 왕래한 적이 없는 아성이기에 그곳으로의 발길은 초행이라고 볼 수도 있었다.

하지만 평생 동안 모험과 여행으로만 살아온 그에게 동해안 원행은 그리 큰 모험이 아니었다.

그는 배를 띄워 다시 조선으로 향했다.

* * *

조선 황해 인근 한양으로 가는 뱃길.

어느새 계절이 두 번이나 바뀐 고된 원행에 선원들의 심신이 아주 많이 지쳐 있었다.

끼익, 끼익.

겨울바람이 매몰차게 불어오는 바람에 페르시아만에서 온 인부들이 적응하지 못해 몇몇 쓰러져 누워 있고, 갑판장을 비롯한 여러 선원들 역시 눈에 띄게 굼떠져 있었다.

그런 와중에도 아성은 평소와 다름없이 생활하고 있었다.

그는 주변 상인들의 복색과 깃발 등으로 지금 이곳의 위치가 어디인지 가늠해 보았다.

"아마도 인천포에 거의 다다른 것 같군."

인천포에서 뱃머리를 위로 향하면 곧바로 조선의 심장부인 한양으로 들어가는 한강 줄기가 보인다.

이제 기나긴 여정의 끝이 얼마 남지 않았다는 뜻이다.

"자자, 다들 일어나 정신 차려!"

"예, 소방주님!"

인천포에서 한강 줄기로 들어서면 대상인 조방철이 그들을 맞이할 것이다.

조방철은 천무혁과 거래를 30년도 넘게 한 사람으로서, 의리와 신의가 두텁고 호탕한 기질을 가진 사내이다.

그는 쌀쌀한 한강의 강바람을 뚫고 약속 장소인 마포 나루로 향했다.

이제 마포 나루에서 짐을 내리고 물건값을 흥정하고 나면 조방철의 황해 상단이 마량포로 향할 것이다.

"다들 힘을 내라. 거의 다 왔다."

"예, 소방주님!"

아성은 마포 나루에서 짐을 내리고 돈을 받고 나면 곧바로 노량진으로 이동하여 그곳에서 하루 묵을 생각이다.

언제나 그랬듯 아성의 선단은 이곳에서 마음껏 먹고 마시고 놀면서 하루에서 이틀 정도 회포를 풀고 공주목으로 향할 것이다.

1년이 넘게 묵은 회포를 푸는 것이 하루 이틀 안에 될 일은 아니지만, 이들은 최종적으로 부산포에서 일주일 머물면서 쉬고 그곳의 기생들과 진짜 회포를 풀게 될 것이다.

대략 반나절 후, 드디어 조방철 상단의 깃발이 보였다.

"도착했다! 이곳에 닻을 내린다!"

"예!"

마포 나루 인근에 배를 대자 조방철 상단의 나룻배들이 줄을 지어 마중을 나온다.

조방철이 첫 번째 나룻배의 뱃머리에 올라 손을 흔든다.

"소방주!"

"안녕하셨습니까?"

"하하, 못 본 사이에 아주 늠름해졌군!"

"감사합니다."

"아버님은 강녕하시고?"

"그럭저럭 잘 버티고 계십니다."

"이럴 때일수록 자네가 중심을 잘 잡아줘야 하네. 그래야 우리 상단 장삿길도 막히지 않고 잘 돌아가지 않겠나?"

"명심하겠습니다."

그는 나룻배에 물건을 실으면서 하나하나 물건을 확인하여 값을 매기기 시작했다.

"양탄자와 상아가 꽤 많군. 역시 소식이 빨라."

"명나라에서 아주 후한 값을 받을 수 있다고 들었습니다. 어쩌면 대인에게도 큰 이문이 남을 것 같아서 가지고 와봤습니다."

아성은 조선에서 잘 팔리는 품목과 명나라에서 잘 팔리는 품목을 모두 선적해서 가지고 오는데 이때 남는 이문이 상당하다.

여기서 조방철 상단이 물건을 가지고 명나라로 가면서 이문이 조금 줄기는 하지만 유럽이나 아프리카, 서아시아에서 파는 것보다 몇 곱절은 더 받을 수 있었다.

이 맛에 어려서부터 배를 타고 물건을 팔러 다닌 아성이다.

그는 부피가 크고 값이 얼마 안 나가는 물건은 아예 싣지도 않고 값이 비싼 것들만 실어서 이곳까지 왔다.

물건값이 비싼 만큼 더 많이 남고 잘 팔리는 경향이 있는데, 귀한 물건일수록 큰손들이 좋아하기 때문이다.

조방철은 오늘 아주 입이 귀에 걸려 있었다.

"하하! 좋아, 좋아! 양탄자가 아주 실하군!"

"대인께서 특히 좋아하시는 물건 아닙니까?"

그는 조방철에게 페르시아만 최고의 장인이 손수 만든 최고급 양탄자를 건넸다.

"받으십시오."

"오오! 이건······?!"

"사모님께서 좋아하실 것 같아서 가지고 와봤습니다."

"하하, 고마워! 역시 자네밖에 없어!"

원래 오는 것이 있으면 가는 것이 있는 법, 조방철은 환도와 철궁을 한 자루씩 건넸다.

"받게."

"이게 뭡니까?"

"조선 최고의 대장장이에게 특별히 주문하고 무려 5년에 걸쳐 완성한 물건일세."

"그, 그렇게나 귀한 것을······."

"원래는 내 아들이 손자를 낳으면 주려고 했는데, 이놈이 줄줄이 딸만 열다섯을 낳는 바람에……."

"아아, 그렇군요."

"험험, 그렇다고 내가 뭐 자네에게 꼭 우리 집안 사위로 들어오라고 이런 것을 주는 것은 아닐세. 오해는 하지 말게."

"하하, 물론이지요."

아성은 조방철이 선물한 환도를 검집에서 뽑아냈다.

스르르릉!

검신 중간에 선이 길게 뻗은 검은 대략 80㎝ 내외로, 끝이 뾰족하고 굽이 그리 크지 않은 것으로 보아 실전용 검으로 제작한 것 같았다.

검신의 중앙에는 굽이쳐 오르는 강을 타고 승천하는 용과 그 옆을 따르는 호랑이 두 마리가 그려져 있었다.

그는 검신을 손가락으로 만져보더니 이내 감탄사를 연발했다.

"으음, 역시 장인의 손길이 느껴지는 검입니다! 대대로 가보로 내려도 손색이 없겠습니다."

"하하, 그렇게나 마음에 드나?"

"마음에 들고말고요! 세상에 이런 명검이 나에게 오다니……."

"활도 한번 쏴보게."

조선의 철궁은 그 파괴력이 대단해서 전시가 아니면 잘 사용하지 않는다.

그는 활시위에 화살을 걸어 힘껏 당겨보았다.

쫘드드드드득!

"묵직하군."

고무나무 수액에 며칠 동안 푹 담갔다가 햇볕에 말리기를 반복한 명주실과 천잠사를 엮어 만든 활시위는 아무리 세게 당겨도 끊어지지 않는 완벽한 물건이었다.

그는 힘껏 당긴 화살을 강변 방죽 얼음 위를 향해 쏘았다.

피융, 빠각!

얼음을 뚫고 들어간 화살을 바라보며 아성은 만족스러운 미소를 지었다.

"그래, 바로 이거야!"

"선물이 마음에 드는가?"

"마음에 드는 것뿐이겠습니까?!"

"하하, 다행이군!"

잠시 후, 그의 뒤로 한 여인이 다가왔다.

"할아버님, 손님 맞을 준비가 다 끝났습니다."

"큼큼, 그러하냐?"

그는 아성에게 손녀를 소개해 주었다.

"인사하게. 이쪽은 내 셋째 손녀 성희일세. 성희야, 인사하거라. 우리 상단의 가장 큰손님인 천아성 공자이다."

"반갑습니다, 공자님. 성희라고 합니다."

"아성입니다."

그녀의 미색은 가히 선녀와 견줄 정도였는데, 항간에는 궁에서 슬쩍 눈독 들이고 있다는 소문도 돌았다.

일이야 어찌 되었든 간에 그녀는 지금 집안일을 도우며 천천히 장사를 배우는 중이었다.

조방철은 연신 헛기침을 해댔다.

"험험, 자네 오늘 우리 집에서 하루만 머물다 가게나."

"괜찮습니다. 저는 상단과 함께……."

"어허, 기루에서 머무는 것이 내 보기 뭣해서 그러는 걸세. 명색의 손님인데 어찌 매일 기루에서 지내도록 하겠나? 안 그런가?"

"저는 괜찮습니다만……."

"이 친구, 내 성의를 무시할 셈인가?!"

아성도 남자인지라 장사꾼들과 호탕하게 어울려 노는 것이 좋지만, 웃어른에 대한 예의는 챙길 줄 아는 사람이었다.

그는 어쩔 수 없이 조방철의 뜻에 따르기로 했다.

"알겠습니다. 오늘은 그럼 신세를 좀 지겠습니다."

"하하! 역시 천 대인의 손자는 뭔가 달라도 다르다니까!"

조방철은 성희에게 은자 주머니를 건네며 말했다.

"일단 네가 공자와 함께 집으로 가 있거라. 물건만 다 내리면 내 곧장 따라갈 테니."

"예, 할아버님."

"대인, 제가 일을 돕는 것이……."

"자네의 상단은 이미 물건을 다 내리지 않았나? 우리 창고
에 물건을 쌓는 일은 우리가 알아서 하겠네. 먼 길 오느라 고
생이 많았는데 굳이 사서 고생하지는 말게나."

"예, 알겠습니다."

그는 어쩔 수 없이 그녀를 따라 길을 나섰다.

*　　　*　　　*

마포 나루에서 걸어가면 대략 한 시간쯤 걸리는 거리이지
만 성희는 가마를 타지 않고 아성을 따라 걷고 있었다.

아성이 그녀를 바라보며 물었다.

"다리 안 아프십니까? 옷도 꽤나 불편해 보이는데."

"괜찮아요. 저는 걷는 것이 익숙하거든요."

"하지만 그곳까지 걸어서 한 시간은 걸린다고 들었습니다
만?"

"올 때도 걸어서 왔는걸요."

"아아, 그렇습니까?"

"어려서부터 가마를 타지 않고 걸어 다니는 것을 즐겼어요."

그녀는 아성을 시장을 통하여 가는 길목으로 안내했다.

웅성웅성!

활기가 넘치는 시장으로 들어서자 그녀는 좀 살 것 같다는 표정을 지었다.

"역시 저는 시장 체질인 것 같아요. 복잡한 일이 가득한 곳은 딱 질색이거든요."

"저도 시장을 참 좋아합니다."

그녀는 꿀타래를 파는 상인에게 다가가 엽전을 하나 건넸다.

"꿀타래 좀 주시오."

"예, 얼마나 드릴깝쇼?"

"돈 되는 대로 다 주시오."

"예, 알겠습니다."

한 아름 꿀타래를 산 그녀는 아성에게 그것을 하나 건넸다.

"드실래요? 가는 길이 멀어 시장하지 않겠어요?"

"좋습니다."

아성은 자신의 허리춤에서 술병을 꺼내어 꿀타래를 안주 삼아 한 모금 마셨다.

꿀꺽!

"으음, 좋군. 한잔하시렵니까? 서역에서 온 술입니다."

"수, 술을 이렇게 가지고 다니면서 마셔요?"

"장사꾼에게 술은 친구입니다. 실제로 이 술로 벌어들이는 돈도 꽤 됩니다. 프랑스의 와인은 페르시아만에서 좋은 값에 팔리죠."

"그렇군요."

그녀는 아성이 준 코냑을 한 모금 삼키곤 상쾌한 표정을 지었다.

"으하! 좋다! 향이 아주 그만인데요?"

"술을 좋아하십니까?"

"제가 원래 술을 좋아해요. 오늘 한잔하실까요?"

"하하, 낭자만 좋다면야 뭐가 문제겠습니까?"

아성은 머리털 나고 처음으로 자신과 통하는 여자를 만난 것 같아서 기분이 좋았다.

하지만 그는 결코 그녀에게 마음을 줄 생각은 없었다.

"좋은 친구가 될 것 같군요."

"친구요?"

"먼 동네에 사는 친구는 만날 때마다 반가운 법입니다. 당신과는 반가운 친구가 될 것 같아요."

"뭐, 좋아요. 동무가 많은 것은 나로선 좋은 일이죠."

아성은 먼 조선 땅에서 처음으로 남자가 아닌 여자를 친구로 사귀게 되었다.

　　　　　　*　　　　　*　　　　　*

　이튿날, 아성이 노량진으로 가는 행상을 꾸리고 있다.

　전날에 마신 술이 꽤 되었으나 그는 아무렇지도 않다는 듯 일에만 몰두하고 있었다.

　"노량진에서 풀 짐은 따로 빼놓고 목포와 부산포의 물건은 미리 값을 계산해 두게."

　"예, 소방주님."

　한창 계산으로 바쁜 시간을 보내고 있던 아성에게 성희가 다가왔다.

　"공자님!"

　"어라? 낭자가 여긴 어떻게 오셨습니까?"

　"괜찮다면 얘기 좀 할 수 있을까요?"

　"그러시죠."

　아성은 수첩을 접고 그녀를 바라보았고, 어쩐지 오늘따라 그녀의 복색이 아주 가볍고 편안해 보인다고 생각했다.

　무엇보다 중요한 것은 그녀가 행낭을 봇짐처럼 메고 있다는 점이다.

　"어디 멀리 가시는 모양이지요?"

　"부산포에 있는 이모 댁에 갑니다. 괜찮다면 저를 부산포까지 데려다 주실 수 있을까요?"

“으음, 부산포라… 뭐, 그리 어려운 부탁은 아니지요. 하지만 시커먼 사내들만 있는 배에서 지내는 것이 불편하지 않으시겠습니까? 우리는 중간에 목포와 탐라에도 가야 합니다.”

“괜찮아요. 저에겐 좋은 추억이 될 테지요.”

“그래요, 그럼 함께 갑시다.”

그녀는 아성에게 꾸벅 고개를 숙였다.

“고맙습니다. 이 은혜는 잊지 않겠어요.”

“은혜라고 할 것까진 없습니다. 그냥 가는 길인데요, 뭐.”

“그래도 신세라고 생각해서 답례로 드릴 물건을 좀 가지고 와봤습니다.”

아성은 그녀가 건네는 종이쪽지를 받았다.

“이게 뭡니까?”

“요즘 조선에서 뭔가를 찾고 계시다고 들어서요.”

“……?”

그녀가 건넨 쪽지 안에는 해북 상단의 방주에게 보내는 서신이 들어 있었다.

순간, 그가 눈을 동그랗게 떴다.

“이, 이걸 어떻게……?!”

“지나다니는 상단마다 표국 무사에 대한 얘기를 하고 다녔다고 누군가 말해주더군요. 그래서 할아버지께서 준비해 주신 것 같습니다.”

"대인께서 이렇게까지 저를 생각해 주시다니요. 너무 감사해서 뭐라 드릴 말씀이 없습니다."

"감사하긴요. 공생 관계에 있는 동무끼리 돕고 사는 거죠."

해북 상단의 대행수나 방주에게 말을 건넬 거리가 생겼다는 것은 조금 더 편하게 자신의 할 말을 할 수 있다는 뜻이다.

그는 한껏 기분 좋은 미소를 지었다.

"좋군요! 어서 갑시다!"

뿌우!

그의 손짓에 따라 선단이 남부로 향했다.

*　　　*　　　*

명화방의 본거지 명화 정원 안 방주의 침실.

임시 방주 다니엘이 거친 숨을 몰아쉬고 있다.

"허억, 허억!"

"방주님, 괜찮으십니까?!"

"…아무래도 나는 이제 곧 갈 것 같습니다."

"심중을 굳건히 하시지요."

위지명은 자신조차 운신하기 힘든 노구를 이끌고 다니엘의 침소를 지키고 있었다.

그는 이번에 원행을 떠난 소방주에 대해 말했다.

"소방주가 요즘 북해빙궁의 표국 무사들을 찾아다닌다고 하더군요."

"…그렇습니까?"

"아무래도 소방주는 우리보다 훨씬 더 큰 이상을 가지고 있는 모양입니다."

"후후, 그렇다면 다행이지요."

다니엘은 위지명의 손을 붙잡았다.

턱!

"…부방주님, 부탁이 있습니다."

"말씀하시지요."

"죽기 전에 단 한 번만이라도 내 딸을 보고 싶습니다."

"……."

위지명은 고개를 내저었다.

"우리가 끝까지 짊어지고 가야 할 업보라고 하지 않았습니까?"

"그거야 그렇지만……."

"이 사실이 알려지면 우리는 파블라토스 가문과 전쟁이라도 벌여야 할 겁니다. 그쪽에서도 20년 넘게 이 사실을 묻어두고 있다가 갑자기 터뜨리면 좋다는 소리는 안 나올 겁니다."

"…그렇겠지요."

그는 다니엘에게 자신이 움직일 수 없는 이유에 대해 설명했다.

"듣자 하니 후위무림맹에서 천가의 순혈을 찾아다닌다고 합니다."

"어째서 그런 짓을……?"

"자세한 것은 저도 잘 모릅니다. 다만, 그들이 천하마술단과 연결되어 있다는 것만큼은 확실합니다."

"…천하마술단?!"

"아직도 놈들은 사라지지 않고 이 땅 위를 멀쩡히 걸어 다니고 있습니다. 이것은 제가 바티칸을 통해 직접 전해 들은 겁니다."

"이런, 선대 방주님께서 그렇게 공을 들여 멸절시킨 놈들이 아닙니까? 아직도 그들이 활개를 치고 다닌다는 것이 믿기지 않는군요."

"제 입으로 이런 말씀 드리기는 좀 그렇지만, 어쩌면 두 아이가 바뀐 것은 오히려 잘된 일인지도 모릅니다."

"……."

"만일의 사태가 벌어진다면 최소한 우리 방의 진짜 핏줄은 끝까지 살아남을 것 아닙니까? 그렇게 생각하고 딸에 대한 생각은 접으시죠."

그는 살며시 눈을 감았다.

"…알겠습니다."

위지명은 복잡한 심경을 감출 길이 없어 밖으로 나가 버렸다.

1. 끝도 없는 악행

　늦은 오후, 도쿄의 구시가지로 명화방의 고수 200명이 달려가고 있다.

　파바바밧!

　그 선두에는 태하가 서 있고, 주변으로 사마영과 같은 젊은 고수들이 넓게 포진해 있다.

　"우리의 동료들이 악전고투를 하고 있다 합니다! 만년빙백진을 펼쳐 놈들을 포위하고 그들의 목숨을 구합시다!"

　"예, 천검진님!"

　검진이라는 분야 자체를 연구하지 않은 천마인지라 천마신

공에는 검진이라는 부분이 그리 많지가 않았다.

하지만 북해빙궁의 경우엔 표국을 운영하고 서역과 활발한 교역을 펼친 만큼 대인원을 위한 검진이 잘 정비되어 있었다.

태하는 그중에서도 200명 이상이 사용하는 대인원 검진을 네 시간 정도 연습하고 그것을 실전에 사용하기로 했다.

물론 사문의 무공이 아니라서 사용하는 데 불편함은 있겠으나 어차피 검진이라는 것은 전술이기 때문에 익힌 즉시 효과를 발휘하게 될 것이다.

만년빙백진은 눈꽃의 결정처럼 생긴 진형을 넓게 펼쳐 여덟 방위를 모두 공격진으로 사용하는 방법으로, 상당히 공격적인 포위진법이라 할 수 있었다.

또한 각 부분의 모서리가 상당히 자유자재로 변형되기 때문에 검진 자체의 유연성도 뛰어난 편이다.

태하를 필두로 모인 명화방의 고수들은 넓게 눈꽃 모양의 검진을 만들어 적진으로 돌격하기 시작했다.

붉은색 깃발을 높이 든 태하가 고수들에게 외쳤다.

척!

"제1식!"

"공명!"

만년빙백진의 제1식 공명은 검진의 공격 방향을 정하는 것으로, 지휘자가 깃발로 공격 방향을 정하면 그곳으로 화력이 집중된다.

태하가 붉은 깃발을 들었기 때문에 이제부터 공격은 그가 가리킨 방향으로 집중될 것이다.

"천혈수라섬!"

촤라라라락!

첫 번째 공명에서 사용될 공통 무공은 천혈수라섬으로, 일격에 수많은 사상자를 만들어 활로를 개척하겠다는 강력한 의지를 나타낸 것이다.

태하는 천검진을 이용하여 천혈수라섬을 동시에 열 개를 터뜨려 공격진에 활력을 불어넣었다.

콰과과과광!

끼에에에엑!

첫 번째 공명으로 인해 무려 1,500마리나 되는 악의 시종이 목숨을 잃었지만 여전히 전장의 판도는 바뀌지 않고 있었다.

태하는 곧이어 두 번째 공격을 감행했다.

"제2식!"

"참회!"

두 번째 검식인 참회가 시작되면서 공명으로 집중되었던 화력이 양쪽 날개로 옮겨갔다.

우우우우웅!

검붉은빛을 뿜어내며 회전하는 검진은 구심점인 태하를 중심으로 빠르게 돌아가기 시작했다.

촤라라라라락!

마치 풍차처럼 빠르게 돌아가는 검진의 여덟 모서리에는 화경의 고수 20명이 포진하고 있어 회전력에 가속도를 붙이고 있었다.

그런 그들에게 내부의 구성원들은 내력을 보내주어 폭발력을 극대화시켰다.

쾅쾅쾅쾅!

마치 거대한 폭격 기지처럼 주변의 모든 것을 불태우는 이것이야말로 만년빙백진의 꽃이라고 할 수 있었다.

―끄웨에에에엑!

이번 공격으로 초당 500마리의 악의 시종이 죽어나가고 있었는데, 몇만 마리에 달하는 악의 시종을 없애는 데 이만한 전술은 없을 것으로 보였다.

덕분에 건물 하나에 고립되어 있던 특공대가 한숨 돌릴 수 있게 되었다.

"휴우, 장가도 못 가보고 죽는 줄 알았네!"

"어차피 장가를 가면 무덤에 들어갈 텐데?"

"하하하하!"

슬슬 농담이 나오는 것을 보니 사태가 많이 좋아진 것 같기는 한 모양이다.

특공대는 탈출만 바라보며 갇혀 있던 자신들의 포지션을 변경하여 태하의 검진에 힘을 보태주기로 했다.

"검진의 진행 방향으로 사격합시다! 놈들이 앞을 가로막으면 측면 공격이 어려워질 수도 있으니 말입니다!"

"알겠습니다!"

철컥!

"발사!"

두두두두두두두!

콰앙, 콰앙!

특공대의 화력까지 집중되고 나니 악의 시종들은 속수무책으로 죽어나가 주변을 녹색 피로 물들였다.

끄웩, 끄웩!

이제 저놈들의 근원지가 어디인지 보일 정도가 되자, 태하는 한빙검을 들고 검진에서 빠져나와 내력을 극성으로 끌어올렸다.

"천혈폭염섬!"

우우우우우웅, 피융!

아주 작은 점으로 응축된 내력이 하나의 검기로 만들어져 일렬로 쏘아져 나가자, 그 끝에는 헬파이어 미사일 다섯 개 정도의 엄청난 폭발이 일어났다.

쿠쿠쿠쿠쿵, 콰앙!

끄이에에에에엑!

놈들을 생산하고 있던 공장이 위치한 지하도로 파고들어간 화염은 그 안에 있는 악의 시종 생산자들까지 전부 다 불태워 버렸다.

화르르르륵!

"크아아아악!"

"부, 불이야!"

"이런 제기랄! 어서 방화복을 입고 장비들을 지켜라!"

태하는 자신들의 몸이 불타는 와중에도 장비를 지키려는 그들에게 또 다른 재앙을 내렸다.

"멍청한 놈들, 죽음으로 사죄해도 모자랄 판에 끝까지 발악이군! 좋아, 얼려 죽여주마!"

고오오오오오!

한빙검의 특성인 냉기가 태하의 삼단전을 통해서 공명하더니 이내 작은 얼음의 구체를 만들어냈다.

스르르릉!

이 구체는 태하의 내공으로 움직이는 북해신공의 결정체로서, 지나가는 족족 주변을 얼려 버리게 될 것이다.

태하는 검끝을 연구원들에게로 향하게 하였다.

"대설공!"

끄그그그그그그!

지나가는 곳마다 영하 300도의 엄청난 냉기로 주변을 얼리는 작은 구체 때문에 천하마술단원들은 그 자리에서 즉시 얼음으로 변해 버렸다.

쫘드드드득!

"어흑!"

잠시 후 태하는 연구 장비들이 일렬로 늘어서 있는 천하마술단의 지하 기지로 들어가 보았다.

이곳은 지하 수로를 이용하여 좁고 긴 연구 장비들을 설치해 둔 기지였는데, 그 안에는 민간인의 시신으로 보이는 시체들이 줄을 지어 있었다.

태하는 그들의 몸이 시퍼렇게 물든 것으로 보아 악의 시종을 만드는 바이러스가 침투된 것으로 판단했다.

"평안을 주어야 할 것 같군."

그는 이곳을 불태워서 흔적도 없이 정리하기로 했다.

*   *   *

늦은 밤, 카퍼데일에게로 전화가 한 통 걸려왔다.

그는 얼마 전 자신이 찾아간 산사의 주지승 양우에게서 전화가 왔음을 알고 재빨리 수화기를 들었다.

"예, 스님. 카퍼데일입니다."

—아미타불, 시주께선 아직 안 주무시고 있었군요.

"요즘 제가 생각이 좀 많아서 말입니다."

—그렇군요.

"그나저나 이 시간에 어쩐 일이십니까?"

—얼마 전에 저희 사찰에서 알아보신 천월령이라는 여시주에 대해서 드릴 말씀이 있어서요.

"뭔가 또 발견하신 것이 있습니까?"

—사실 처음부터 그녀에 대한 정보가 조작되어 보관된 것은 아닌가 싶어서 말이지요.

"……?"

—만약 괜찮다면 시간이 되실 때에 제가 그쪽으로 찾아뵈어도 되겠습니까? 이곳에선 얘기를 하기가 좀 힘들군요.

"알겠습니다. 전용기를 보내드리겠습니다."

—아니요, 그렇게 했다간 놈들의 시선을 끌 수도 있어요.

"놈들이요?"

—희한한 마술을 부리는 놈들입니다.

순간, 그는 천하마술단이 산사까지 찾아갔다는 것을 직감했다.

"어느새 그놈들이 산사까지……!"

—…아무튼 이곳에서 자연스럽게 빠져나가자면 최소 일주

일쯤은 걸릴 것 같습니다. 그때까지 연락이 안 되어도 너무 걱정하지 말고 기다려 주십시오.

"예, 스님. 그렇게 하겠습니다."

—그럼 저는 이만.

전화를 끊은 카퍼데일은 양우가 과연 어떤 방법으로 천하마술단을 따돌리겠다는 것인지 걱정이 되었다.

하지만 이상하게도 그를 향한 신뢰가 들고 있는 카퍼데일이다.

"그래, 알아서 잘하시겠지."

그는 양우가 미국으로 올 때까지 무작정 기다리기로 했다.

이른 새벽의 창암산 산사.

딱딱딱딱.

"나무아미타불 관세음보살!"

새벽 예불이 한창인 가운데 푸른 눈의 사내들이 검은색 로브를 뒤집어쓴 채 법당 안으로 들어왔다.

창암산 산사의 승려는 외국인들이 예법을 잘 모르는 것 같아서 로브를 벗으라고 조언했다.

"부처님의 법당 안에선 쓰고 있는 그것을 벗는 것이 예의입니다."

"…나는 종교가 없다. 그러니 그냥 닥치고 하던 일이나 계속하는 것이 신상에 좋을 것이다."

"아미타불……."

창암사의 승려들은 며칠 동안 이곳에서 머물며 지낸 그들이 무슨 짓을 하던 참아주었다.

술을 마시든 계집질을 하든 아무런 신경도 쓰지 않았지만, 법당에서의 불경은 도저히 용서할 수가 없었다.

하지만 그들은 화를 다스리는 법을 배웠기에 이곳 창암사에 승려로서 머물 수 있었다.

딱딱딱딱!

"…아미타불!"

주지승 양우의 목소리가 예불이 끝났음을 알리자, 승려들이 천하마술단원들을 바깥으로 보내려 자리에서 일어섰다.

"아미타불, 이만 산사에서 나가주시지요."

"싫다면?"

"이 미천한 중들이 하는 말이 듣기 고깝기도 하겠습니다만, 그래도 지킬 것은 지켜주시지요."

"미친놈들이군. 다 죽고 싶은 것이냐?!"

"나무… 관세음보살. 별수 없군요."

순간, 창암사의 승려들이 일제히 장을 뻗었다.

슈웅, 콰앙!

"크허억?!"

"아미타불! 말로 해선 듣지 않을 시주들이군요! 그렇다면 우리도 가만히 있지 않겠습니다!"

"이, 이런 땡중들이?!"

창암산엔 예로부터 불가와 도가에 귀의한 사람들이 많았는데, 그들은 심신을 가다듬는 하나의 방책으로 무를 선택했다.

권과 각, 장을 익혀 자신을 단련시키고 정신을 수양한 창암사의 기인들은 그들만의 무공인 명월권을 창안해 냈다.

명월권은 소림의 달마 18수나 소림 5권과 비견될 정도로 곧고 센 힘을 가지고 있었다.

수백 년 동안 전해져 온 명월권은 사람들에게 잘 알려지지 않은 무공이지만, 송나라 때의 무림에선 온전히 당해낼 적수가 없을 정도로 고강한 절학으로 평가되었다.

창암사의 승려들은 밝은 달과 같이 고고하고도 정갈한 권을 뻗어 천하마술단원들을 궁지로 몰아넣었다.

파밧!

"황룡승!"

퍼버버버벅!

마치 용이 승천하는 듯한 금빛 권강을 뻗어낸 양우는 하늘 높이 날아오는 열 명을 골로 보내 버렸다.

빠각!

"끄아아악!"

화려하지는 않지만 정직하게 뻗어나가 적의 온몸을 부러뜨리는 황룡승의 일격을 맞은 천하마술단원들은 피를 토하며 창암사 마당으로 나가떨어졌다.

"쿨럭쿨럭! 이런 빌어먹을, 언제 이런 무공을 익힌 거야?!"

"아미타불, 힘은 안으로 감추고 나를 수행하는 데 사용하는 겁니다. 그렇지 않으면 육신이 힘을 버티지 못하고 무너지게 될 겁니다. 명심하시지요."

"흥! 저런 땡중쯤이야!"

천하마술단원이 마법을 부리려던 찰나, 양우를 비롯한 승려들이 미끄러지듯이 보법을 밟아 그들의 앞으로 쇄도해 나갔다.

슈아아악!

"명화장권!"

퍽퍽퍽, 콰앙!

세 번의 장과 한 번의 폭발이 일어나는 명화장권은 내장이 전부 다 터져 나가고 엉망이 되는 극살의 권이다.

하지만 그 일격에 목숨을 잃을 정도로 손속을 잔악하게 휘두를 승려들은 아니었다.

"크헉, 크헉!"

"지금이라도 산을 내려간다면 치료를 받고 살 수 있을 겁니다. 아미타불, 어찌하겠습니까?"

"제기랄! 지금은 이대로 돌아가지만, 곧 우리의 병력이 이곳을 덮쳐올 것이다!"

"아미타불······!"

양우는 그들이 돌아가는 것을 끝까지 지켜본 후에야 짐을 쌌다.

"카퍼데일 시주를 만나러 가야겠습니다."

"다녀오시지요."

"만약 제가 없는 동안······."

"잘 알고 있습니다."

"아미타불, 그럼 안심하고 다녀오겠습니다."

"예, 스님."

간단히 봇짐을 싼 양우는 빠른 발걸음으로 산을 내려갔다.

*　　　　*　　　　*

카퍼데일은 정확하게 일주일이 지난 후 브루클린에 도착한 양우를 만났다.

"약속을 정확하게 지키셨군요."

"아미타불, 당연한 일입니다. 부처님께서 인연은 귀중한 것이라고 가르치셨지요. 소승은 그저 인연을 귀하게 여길 뿐입니다."

"아무튼 대단하십니다. 듣자 하니 창암사에서 전투가 있었다고 하던데요. 괜찮으신 겁니까? 저희 명화방에서 고수들을 파견해 드리겠습니다."

"아닙니다. 산사는 안전할 겁니다. 그곳에는 친구들이 많거든요."

"친구요?"

"허허, 그런 것이 있습니다."

"……?"

"아무튼 지금 중요한 것은 그게 아닙니다. 제가 저들의 시선을 따돌리면서까지 이곳으로 온 이유를 알게 되면 깜짝 놀라실 겁니다."

"안 그래도 그게 너무나 궁금하던 참입니다."

양우는 봇짐에서 몇 권의 책과 사진을 꺼냈다.

사진 속에는 1980년대의 창암사가 들어 있었는데, 재건 공사를 하기 전의 모습인 것 같았다.

지금과 별반 다를 것은 없지만 전각의 몇 부분을 보수하고 시신 보관소에 신식 장비를 장착시켰다.

양우는 자신이 주지로 있기 전, 이 공사가 진행되면서 뭔가 수상한 일이 벌어졌다고 확신했다.

"대략 30년 전, 창암사는 대대적인 보수공사를 했습니다. 워낙 지어진 지 오래된 데다 2차 세계대전 때 포격을 맞은 적이 있어서 그대로는 사용이 불가능했거든요."

"으음, 그렇군요."

"한데 그 당시에 시신 보관소는 아주 멀쩡했습니다. 그럼에
도 불구하고 멀쩡한 시신 보관소의 방 몇 개를 뜯어내고 다시
만들었습니다."

"그곳이 천월령이 있던 곳이란 말입니까?"

"맞습니다. 이상한 점은 그녀가 이곳에 오던 즈음 창암사는
이와 같은 공사를 한 적이 있다는 겁니다."

그는 절의 도면이 그녀가 들어오던 시점에서 바뀌었다는 자
료를 보여주었다.

"이것을 좀 보시지요. 원래는 그녀가 들어가야 할 방이 없
었습니다. 그런데 그것을 신설하고 지하로 빠져나갈 수 있는
구멍을 갖춘 방이 만들어졌습니다."

"시신을 보관하는데 구멍이 왜 필요합니까?"

"그게 이상하다는 겁니다. 그리고 천월령 시주가 이곳으로
왔을 때의 기록을 보면 그녀의 키와 풍채에 대해 다르게 적어
둔 것을 알 수 있습니다."

"그렇다는 것은……."

"애초에 시신을 이곳에 옮겨놓고 바꿔치기할 생각이었던 겁
니다. 그리고 이곳에 죽어서 들어온 시신은 천월령 시주의 것
이 아니었고, 추후에 비슷한 것으로 대체된 겁니다. 어차피 무

덤을 열어서 시신을 확인할 일은 없을 테니까요."

"흐음……."

"시주께서 말씀하신 천월령의 복제품 정보를 토대로 기록을 대조해 보면 그녀와 시신이 조금씩 다르다는 것을 알 수 있어요. 아마도 그녀는 처음부터 죽지 않은 것인지도 모릅니다."

"그에 대한 근거는요?"

"아직까진 정확한 것은 없습니다. 하지만……."

"정확하진 않지만 뭔가 냄새가 나는 것은 확실하군요. 그렇지요?"

"맞습니다."

"흐음……."

"그리고 또 하나, 천하마술단인지 뭔지 하는 놈들이 유독 소승을 감시하는 것도 이해가 되지 않습니다."

"그들은 뭔가 숨기고 싶은 것이 있는 것이군요."

"아마도요."

카퍼데일은 가만히 생각에 잠겨 있다가 문득 이런 생각을 해보았다.

"아니, 그게 아니라면요?"

"……?"

"놈들이 숨기고 싶은 것이 아니라 찾고 싶은 것이 있다면요?"

"찾고 싶은 것이라?!"

카퍼데일은 자신이 직접 창암사를 찾아가야 할 필요성을
느꼈다.

"일단 그곳으로 한번 가보는 것이 좋겠습니다."

"알겠습니다. 하지만 외세는 끌어들이지 않는 것이 좋아요."

"네?"

"아무튼 가보면 압니다."

카퍼데일은 명화방의 고수를 대동하지 않은 채 한국으로
향했다.

*　　　*　　　*

도쿄 구시가지를 정리한 태하는 대열을 정비하기 위해 대한
그룹 일본지사의 사옥으로 향했다.

이곳에서 상처를 입은 고수와 조직원을 치료한 후 곧바로
사할린에 진격할 생각이다.

그는 사마영에게 카퍼데일의 명령에 대해서 물었다.

"대사형께선 어떻게 일을 처리하시길 바라셨습니까?"

"사할린을 정복한 후 각 지부를 차례대로 정리하라고 말씀
하셨습니다. 지금 명화 자객단에서 놈들의 지부를 찾아다니

고 있으니 조만간 꼬리가 잡힐 겁니다."

"그렇군요."

"안나 님이 알려주신 지부는 총 55개입니다만, 그것은 아주 큰 덩어리에 불과합니다. 그 하부 조직들은 점조직처럼 얽히고설켜 있습니다. 아무래도 찾는 데 시간이 꽤 걸리지 않을까 싶군요."

안나는 사마영에게 자신이 아는 점조직의 특징에 대해 설명했다.

"그들은 주로 오래된 건물이나 병원 같은 곳에 기생하고 삽니다. 곰팡이와 같은 놈들이죠. 각 지부의 근처 오래된 건물들에 대한 정보를 물색해 보십시오. 아마 꼬리가 밟히는 놈들이 꽤 있을 겁니다."

"으음, 그렇군요."

"다만 문제는 그들의 본거지를 찾아낸다고 해도 완전히 끝난 것이 아니라는 겁니다. 놈들은 바퀴벌레처럼 금방 세력을 확충하고 다시 나타날 겁니다."

"그럼 어떻게 해야 이 싸움이 끝날까요?"

"각 지부의 우두머리들을 잡아야 합니다."

"흠……."

"그래서 이번 사할린 습격이 중요한 것이겠지요."

"최대한 많은 수뇌부를 잡아서 족치는 것만이 능사라는 소리군요."

"네, 그렇습니다. 그래야 조금이나마 대모의 위치를 추적하는 데 수월할 것이고, 천하마술단을 끝장내는 데 유리할 테지요."

그녀는 이번 작전을 실행하는 데 있어 조금의 장치를 하는 것이 어떻겠냐고 제안했다.

"놈들의 퇴로를 차단하는 것이 가장 중요합니다."

"퇴로를 차단한다?"

"사할린을 고립시키는 겁니다."

"그곳은 군사적으로도 중요한 요충지입니다. 어떻게 고립시킬까요? 놈들이라면 비행기 없이도 섬을 빠져나갈 수 있을 텐데요."

"그 군사적 요충지를 이용하는 겁니다."

그녀는 태하가 생각하는 것보다 훨씬 더 스케일이 큰 작전을 구상하고 있는 것 같았다.

안나는 자신의 머릿속에 들어 있는 작전들을 칠판에 천천히 써 내려가기 시작했다.

"러시아는 유라시아의 군사 강국입니다. 자신들에게 이득이 된다고 생각하면 주변 국가들은 생각하지 않고 무조건 단행하고 보는 나라이지요."

"불곰을 움직여 주변의 군사 상황을 긴장시킨다는 겁니까?"

"군사적 긴장감을 유발시킬 수 있습니다. 그렇게 되면 사할린이 이슈 지역으로 떠오르겠지요."

"하지만 어떻게 긴장시킬 수 있을까요? 우리가 아무리 날고 기어봐야 러시아 군단을 움직일 수는 없어요."

"그래요, 직접적으론 움직일 수 없죠. 하지만 언론 플레이로 조금 자극을 주는 겁니다."

"언론 플레이라… 이를테면 어떤 것들이요?"

"뭐, 해적이나 영토 분쟁 같은 것이지요."

태하는 그녀가 어떤 것을 원하는지 대충 감이 오는 듯했다.

"으음, 무슨 소리인 줄은 잘 알겠습니다. 러시아와 일본을 뒤흔들어 놓으라는 소리죠?"

"네, 맞아요. 당신은 한국의 언론계를 움직일 힘을 가지고 있습니다. 그리고 명화방은 중국계 언론사를 장악하고 있고요. 만약 일본계 언론사를 조금이라도 움직여 오보든 뭐든 사할린에 대한 영토 반환 분쟁을 일으킬 수 있다면 우리는 완벽한 작전을 펼칠 수 있을 겁니다."

"흐음……."

"AS미디어그룹을 움직여 일본 언론계와 접촉해 주실 수 있을까요?"

"한번 해보겠습니다. 하지만 너무 큰 기대는 하지 마세요."

너스레를 떠는 태하에게 그녀는 채찍을 크게 한 번 휘둘렀다.

"언제나 그렇듯 나는 당신에게 거는 기대가 커요."

"…어떤 상황에서든 호락호락한 여자는 아니라니까."

"후후, 그게 내 매력이죠."

안나는 사마영에게도 언론사에 대해 물었다.

"하실 수 있을까요?"

"중국과 미국 쪽 언론사를 움직여 보겠습니다. 우리는 사실 중국보다는 미국에 더 영향력이 있거든요."

"잘되었군요. 찌라시 한번 거하게 날려주세요."

"뭐, 좋습니다. 한번 해보죠, 뭐."

이제 태하와 사마영이 재빨리 움직일 타이밍이었다.

*   *   *

젊음의 거리 시부야에 위치한 일본 에라일보그룹 본사.

1970년대 언론계를 풍미하던 에라일보그룹은 현재 인터넷 신문에 찌라시나 뿌리는 언론사로 전락해 있었다.

그들은 냉전 시대의 중앙 언론사로서 각 세계열강들의 소식을 발 빠르게 전해왔으나, 90년대에 소련이 해체하면서 그 기능을 상실하게 되었다.

방송사 1개와 신문사 4개를 가지고 있던 에라일보는 2,000년 대를 맞이하면서 빠르게 쇠퇴하였다.

인터넷을 타고 빠르게 성장한 다른 신문사들과는 다르게 에라일보는 보수 정권과 친밀하게 엮여 있어서 젊은 세대와의 소통이 다소 더뎠다.

2000년대 초반부터 시작된 신문사의 사양길 역시 그들에게 큰 영향을 끼쳤으며, 2010년대의 초정보화 시대에는 아예 도태된 모습을 보이고 말았다.

그나마 최근 인터넷에 조금 손을 대고 있을 뿐, 이렇다 할 특종이나 대박 사건은 터뜨리지 못했다.

그런 에라일보에 한 통의 제보 전화가 걸려왔다.

에라일보 편집국장 준페이 야마모토는 자신의 귀를 의심했다.

"…그러니까, 뭐가 어떻게 되었다고요?"

―일본 여당 의원 열 명이 지금 사할린 수복을 위한 해군기지 전진 배치를 준비하고 있다고요.

"해상자위대는 사할린 섬 근처까지 진출할 수 없어요. 설마하니 군사 법률도 모르면서 제보하신 것은 아니겠죠?"

―아닙니다.

"그렇다면 증거를 보여주시죠."

―흐음, 증거라… 좋습니다. 그렇다면 일주일 내로 해상자위대가 국경 지대로 파견되는 것을 보여드리겠습니다. 그럼 믿겠습니까?

"좋습니다. 그때 다시 통화하기로 하죠."

─그럽시다.

전화를 끊은 그는 찜찜한 마음이 들었다.

"이 새끼, 무슨 약을 치려고 이딴 전화를 한 거지?"

아무리 머리를 굴려보아도 일본이 미치지 않고서야 사할린 인근에 해군기지를 설립할 리가 없었다.

해군기지는커녕 사할린 반환 협상도 제대로 벌이지 못하는 마당에 러시아를 건드리는 일은 황당한 짓이었다.

가만히 생각에 잠겨 있던 그는 기자 두 명을 북해도로 보냈다.

"어이, 유키무라!"

"예, 국장님."

"지금 당장 신입 한 명 데리고 북해도로 건너가라."

"북해도요?"

"그곳에서 해군기지 설립에 대한 정보를 가지고 와."

"예?"

"가라면 그냥 좀 가라. 더 이상 묻지 말고."

"아, 알겠습니다."

그는 기자들을 그곳으로 보내면서도 반신반의했다.

"…내가 미쳤지. 저런 말도 안 되는 소리를 믿고 있다니 말이야."

잠시 후, 그의 전용 팩스로 한 장의 종이가 출력되었다.

지이이잉!

[해군기지 설립에 대한 시나리오]

그는 종이를 꺼내어 내용을 살펴보았다.

"······!"

그 내용은 황당하면서도 근거가 충분했다.

'어쩌면······?!'

그는 미소를 지었다.

중국 칭타오 인근 무인도.

뿌우!

무려 80척이 넘는 해적선이 검은색 깃발을 매달고 출항 준비를 서두르고 있다.

만약 중국 공안이 이 모습을 발견했다면 까무러치고 뒤집어질 일이었으나, 지금 중국 당국은 아무것도 모르는 상태였다.

놀랍게도 이 해적들의 중심에 선 사람은 다름 아닌 감녕이었다.

"모두 잘 알고 있겠지만 일이 잘못되면 배를 버리고 그냥 도망치면 된다. 어차피 계획된 노략질에 목숨을 걸지는 말라는 말이다."

"잘 알겠습니다."

"그나저나 형님, 정말 이렇게 한다고 해서 자위대가 출동할까요?"

"그거야 두고 보면 알 일이지."

감녕이 출발 준비를 거의 다 마쳤을 무렵, 우태에게서 전화가 왔다.

따르르르릉!

"예, 도련님."

―아저씨, 지금 진행 상황이 어떻게 되어갑니까?

"이쪽은 모든 준비가 다 끝났습니다. 그쪽에서 탈출할 때 사용할 잠수함도 준비했고 무기도 충분합니다."

―좋아요, 그럼 출발하세요. 이쪽도 준비는 모두 끝났습니다.

우태와 감녕은 각자 어민과 해적으로 둔갑하여 어업을 하다가 인명 피해가 나는 상황을 연출할 것이다.

한마디로 서로 짜고 상황을 점점 악화시킬 생각이라는 소리다.

물론 상황이 악화되기 시작하면 경찰들이 출동하긴 하겠지만 그들을 살며시 만져주면 알아서 군대가 출동할 것이다.

해상자위대가 출동하고 나면 자연적으로 북해도는 긴장 상태가 될 것이고, 그 여세를 몰아 사할린 인근의 군사행동을 조장시키면 군사적 긴장감은 저절로 형성될 것이다.

이것을 계획한 태하는 지금 언론사들을 움직이고 있기 때문에 작전 지휘는 오로지 감녕과 우태 두 사람이 맡을 것이다.

"회장님께서 인터넷에 해적들에 대한 칼럼과 다큐멘터리를 올리면 곧장 출발이다. 준비하고 있도록."

"예, 형님!"

준비를 모두 끝내고 난 지 대략 네 시간 후, 한국의 방송사에서 해적들에 대한 다큐멘터리를 내보냈다.

그리고 그 이후 곧바로 포털 사이트의 실시간 검색어를 해적들로 도배하여 여론을 조성하기 시작했다.

이제 모든 준비가 끝난 셈이다.

"가자!"

"예!"

80척의 배가 북해도에 도착했을 때 과연 그들의 표정이 어떻게 변할지 궁금해지는 감녕이다.

*   *   *

홋카이도 북부 해역 조업 지역.

쏴아아아아!

물살을 가르고 먼 바다로 나간 어부들이 그물을 치고 조업을 진행하고 있는 중이다.

대략 100척에 가까운 어선이 길게 늘어서 자신들만의 영역에서 어업을 펼치고 있는 가운데 수평선 너머에서부터 총으로 무장한 고속정이 일렬로 달려온다.

부아아아아아앙!

"왔다."

"모두 준비하자고!"

조업 중이던 100척의 배가 80척의 고속정에서 발사한 공포탄에 반응하여 한 점을 중심으로 모여들었고, 육지의 치안 센터로 무전을 보냈다.

치익!

"여, 여기는 북부 해역 조업 지역! 지금 해적들이 우리를 공격하고 있습니다!"

—해, 해적이요?! 정확한 좌표가 어떻게 됩니까?!

"좌표는……."

100척이나 되는 배에서 조업을 하던 사람들이 바닥에 자신의 피를 흩뿌린 후 해적선으로 건너갔다.

촤락!

각자 하나씩 가지고 온 수혈 팩을 에어건으로 터뜨리니 꼭 총에 맞아 피가 터진 것처럼 보였다.

"으음, 이 정도면 정말 난도질을 당한 것 같은 느낌이 드는데?"

"좋아, 이쯤 했으면 됐다. 어서 도망가자고."

고속정들은 키를 틀어 태평양 한가운데로 달려갔고, 예정된 지점에서 만나 전열을 가다듬을 것이다.

부아아아아앙!

고속정이 하나둘 빠져나가자 바다에는 다시 어선들만이 남게 되었다.

신고 30분 후, 일본 해경이 사고 지역에 도착했다.

위이이이잉!

―인근 해협에서 조업 중이던 선박들은 지정된 장소로 이동하여 주시기 바랍니다! 다시 한 번 말씀드립니다!

해경들이 도착하자마자 피해를 입지 않은 선박들도 전부 해안가로 피신했고, 그들은 피해 선박들 쪽으로 조심스럽게 다가갔다.

―1번 물개, 상황이 어떠한가?

―제기랄, 이게 다 뭐야?!

―왜, 왜 그러나? 상황을 설명해라.

―사방이 다 피투성이다!

―생존자가 있는가?!

해경 고속정이 사고 현장으로 조금 더 가까이 가자 젊은 청년이 바다에 빠져 허우적거리고 있는 모습이 눈에 들어온다.

"어푸, 어푸! 사람 살려!"

"저기 사람이 있습니다!"

"어서 구명조끼 내리고 잠수부 투입해!"

"예!"

고속정에서 내려온 구명조끼를 잡은 청년은 잠수부들이 자신을 끌어 올릴 때까지 가만히 물 위를 부유하고 있었다.

그리고 잠시 후, 잠수부들과 함께 배 위로 올라온 그는 구석으로 달려들어 갔다.

"ㅇㅇ, ㅇㅇㅇㅇ……!"

"괜찮으십니까, 선생님? 말씀을 좀 해보세요! 괜찮아요?!"

"…주, 죽었어요! 다들 죽었다고요!"

"누가 죽었다는 겁니까?"

"함께 조업을 나온 사람들 모두 다 죽었어요! 모조리 다요!"

"뭐, 뭐요?!"

"산 사람을 그냥 막 데리고 갔고, 그렇지 않은 사람들은 다 죽여서 바다에 버렸어요!"

"허, 허어! 이런 미친놈들이 다 있나?! 틀림없습니까?!"

"브, 블랙박스가 있어요! 배 안에 블랙박스가 있으니 한번 확인해 보세요!"

경찰은 배 안에 들어 있는 블랙박스를 전부 수거하여 청년의 말이 맞는지 확인해 보았다.

두두두두!

"으아아아악!"

촤락!

배 안에서 벌어지는 참혹한 광경은 경찰들의 눈에 아주 선명하게 남았고, 그들은 굳은 표정으로 끝까지 영상을 시청하였다.

현장을 총괄하고 있던 총경이 이 상황을 상부로 넘겨야겠다고 선언했다.

"…해경 중앙부로 이 사건을 넘긴다."

"예, 알겠습니다!"

"그리고 해상자위대에 연결해서 이곳으로 해상 병력 파견을 요청할 수 있도록 하게."

"예!"

"해적선이 무려 80척이라니, 미쳤군! 아주 작정하고 달려들었어!"

해경들은 발등에 불이라도 떨어진 양 다급하게 움직였다.

*　　　*　　　*

해상자위대 사령부에선 일본 해경의 요청을 일부만 수락하기로 했다. 아직까지 해적들의 실체가 완벽하게 군부에 식별되지 않았다는 이유에서였다.

북해도 북부는 러시아와 인접한 지역인 데다 사할린 영토 분쟁이 일어난 적이 있어서 파병이 상당히 조심스러운 지역이었다.

자위대 사령부에서 파견된 아키라 요시다 중령은 자신들의 입장을 아주 분명하게 표명했다.

"아직까진 우리가 전면으로 나서기엔 무리가 있습니다. 고속정 몇 척을 지원해 드리겠습니다."

"…80척이나 되는 중무장 병력이 들이닥쳤다고요! 이건 거의 전시에 준하는 상황이란 말입니다!"

"준하는 상황이지 그런 상황은 아니지 않습니까?"

"뭐요?"

아키라 요시다 중령은 자신들이 직접 나서야 할 때는 조금 더 심각하고 큰 문제가 터졌을 때라고 못을 박았다.

"아직까지 우리가 출동해야 할 필요는 없다고 판단됩니다."

"그랬다가 사람이 더 죽으면 책임질 겁니까?!"

"…그렇다고 잠자는 불곰을 건드려요?"

"……."

"잊지 마십시오. 지금 우리는 중국과 한국, 러시아 모두와 영토 분쟁 중에 있습니다. 그런 가운데 중국은 지금 해군력을 증강시켜 남중국해로 파견했고, 러시아는 크림반도를 무력으로 침공했습니다. 상황이 별로 좋지 않다는 소리입니다. 안 그래도 한국은 독도 문제 때문에 신경이 날카로운데 언론들이 가만히 있겠어요?"

"그래도 해적들이 나타난 것은 사실입니다. 이대로 가만히 두들겨 맞고만 있다간 국민들이 불신을 가지게 될 겁니다!"

"그걸 막는 것이 해경의 역할이죠."

"……."

아키라 요시다 중령과 해경 료헤이 마에다 총경은 첨예하게 대립하며 끝까지 뜻을 굽히지 않았다.

하지만 두 사람 사이의 평행선을 깨는 소리가 들려왔다.

위이이이잉!

―비상, 비상입니다! 현재 북해도 북부 해협에 100척의 중무장 해적선이 나타났습니다!

순간, 료헤이 마에다의 표정이 사납게 일그러졌다.

"좋습니다! 정 그렇게 못 믿겠다면 한번 보시지요! 이게 우리 해경만의 역량으로 해결이 될 문제인지!"

"뭐, 그럽시다."

두 사람은 사령선을 타고 북해도 북부 해협으로 향했다.

부아아아앙!

최고 속력으로 달리던 마에다의 사령선이 포탄을 맞았다.

휘이이잉, 쾅앙!

"크윽!"

"소형 함포입니다!"

"하, 함포?!"

"아무래도 놈들이 초소형 함포를 확보하고 그것으로 사격을 하는 것으로 보입니다!"

"…빌어먹을!"

료헤이는 아키라 중령을 바라보며 피를 토해내듯 외쳤다.

"자, 보십시오! 이게 다 뭔지 말입니다!"

"……."

"이제 결정을 내릴 때가 되었습니다! 어서 지원을 요청해 주세요!"

"…그래요, 사태가 심각하군요."

그는 사령부에 구축함 두 척의 지원을 요청했다.

"…요시다입니다. 아무래도 함대가 나서야 할 것 같습니다. 보통 세력이 아닌 것 같습니다."

―그 정도인가?

"사태가 생각보다 심각합니다. 해적들이 함포까지 쏘고 있습니다. 아무래도 이대로는 안 될 것 같습니다."

―알겠다. 지금 출동한다.

남부 해안에서 훈련 중이었던 일본 해상자위대 병력 중 일부가 북해도 북부 해협으로 출동하는 사태가 벌어졌다.

이 사태로 인하여 일본 해경은 국경 수역 인근까지 들리게 방송을 전파했다.

―해적들의 기승으로 인해 해상자위대가 파견될 예정입니다! 모두 피신해 주십시오!

본격적인 해적 소탕 작전이 시작되려는 참이다.

*   *   *

같은 시각, 사할린 섬으로 러시아 군 함대가 출동하고 있다.

뿌우!

"적의 위치가 어디라고?"

"사할린 남부 해협입니다!"

"겁도 없군. 감히 우리 해역에서 해적질을 하다니!"

러시아는 일주일 전 100척이 넘는 해적이 들이닥쳐 사할린 섬을 공격한 사건이 벌어졌다.

그로 인하여 500명이 넘는 사람들이 잡혀갔고, 재산 피해 역시 만만치 않았다.

러시아 해군은 제2함대 소속 이지스 구축함까지 동원하여 사할린 섬으로 파견했다.

또한 제66 이지스 전대가 사할린 섬으로 파견되면서 육군 연대와 포병 여단이 함께 사할린 섬 해역을 건넜다.

"제46 포병 여단이 사할린 섬 주변 포진에 자리를 잡았다고 합니다."

"좋아, 이 새끼들 아주 작살을 내버리자고!"

사실 러시아 해군들에겐 해적들의 존재가 상당히 눈엣가시 같았다.

옛 소비에트연방 시절엔 상상도 할 수 없던 해적질이 나날 이 늘어가면서 슬슬 해군의 명성에 금이 가고 있었기 때문이 다.

해적의 해 자만 꺼내도 길길이 날뛸 정도로 해적을 싫어하 는 러시아 해군들은 아예 작정을 하고 그들을 토벌할 생각이 다.

이지스 구축함 예하 4개의 호위함과 각 고속정들이 작전지 역으로 빠르게 기동하며 물살을 가른다.

─돌고래 하나, 전방에 함대 출현!

"함대?"

─80척의 고속정으로 보임! 작전 하달 요청!

66전대장 빅토르 이바노프 대령은 슬그머니 미소를 지었다.

"전대, 전투준비에 들어간다!"

"전대, 전투준비!"

빅토르 이바노프의 명령에 따라 러시아 해군 66전대가 함포사격을 준비했다.

위이잉!

─각 전투 인원 및 필수 인원은 신속하게 자리로 이동하라!

사이렌이 울리면서 병사들이 빠르게 자신의 자리를 찾아서 이동하고 전투준비가 갖추어져 갔다.

"전대, 전투준비 완료했습니다!"

"좋아, 놈들에게 뜨거운 맛을 보여주자!"

"예, 알겠습니다!"

"전대, 함포사격 개시!"

"개시!"

이지스 구축함의 5인치 함포와 호위함의 127㎜ 함포가 불을 뿜자, 80척의 고속정 중 몇 척이 바다 아래로 가라앉았다.

퍼엉, 콰앙!

─명중! 적의 고속정 네 척 격파!

"하하하! 머저리 같은 놈들! 마구 퍼부어라!"

"예!"

저 엄청난 숫자의 고속정을 상대로 첫 사격에서 성공을 거두었으나, 그들의 반격 역시 만만치 않을 것으로 보였다.

해적들의 고속정은 빠르게 산개하여 일렬로 길게 늘어서더니 이내 포사격을 전개하였다.

촤라라락, 콰앙!

―적이 사격을 개시하였다!

"사, 사격?!"

"전단장님, 놈들이 함포사격을 개시했습니다!"

"…해적이 함포까지 갖추었다?"

잠시 후, 기함의 갑판 위로 함포가 떨어져 내린다.

"회피 기동을 펼친다! 좌현으로 최대한 틀어라!"

"예!"

전대가 좌현으로 키를 틀어 포격에서 벗어났으나, 피해에서 완전히 벗어날 수는 없었다.

콰앙!

"크윽!"

"갑판 상부의 일부가 파열되었습니다!"

"빌어먹을 자식들 같으니! 대함 미사일 및 어뢰 사격을 준비하고 지대지 미사일 지원 및 해안포 사격을 요청하라!"

"예!"

"기왕지사 이렇게 된 김에 아주 불바다를 만들어주지!"

평시라면 모를까, 해전이 개전된 이상에야 러시아 해군과 육군은 무기를 소모하는 데 주저함이 없었다.

─치익, 여기는 46포병 여단, 66전단 등장 바람!

"여기는 66전단!"

─해안포 사격 및 지대지 미사일의 사격 준비가 모두 끝났다. 관측자의 사격 통제를 요청한다.

"입감! 좌표를 하달한다! 456.***! 반복한다!"

─입감! 즉시 발포하겠다.

"양호!"

이로써 해안선을 따라 대기하고 있던 지상군 포병 병력의 모든 화력이 전장으로 집중되었다.

자주포와 지대지 미사일의 화력이 해적들에게 집중될 즈음 러시아 해군에게 뜻밖의 소식이 전해졌다.

─…해적들의 기승으로 인해 해상자위대가 파견될 예정입니다! 모두 피신해 주십시오!

순간, 이바노프 대령의 미간이 사납게 일그러졌다.

"뭐, 뭐가 어째?"

"아무래도 해상자위대와 우리 해군의 작전지역이 일부 겹치는 것으로 보입니다!"

"…그렇다면 왜 지금까지 우리는 그 사실을 몰랐던 것이지?"

"양측 사령부 모두 급작스럽게 작전이 개시된 것인지라 정보 전달이 원활하게 이루어지지 않은 것으로 해석됩니다."

"사령부의 입장은 어떤가?"

"지금 확인 중에 있습니다."

"빌어먹을."

사할린은 러시아와 일본의 뜨거운 감자와 같은 지역으로, 2차 세계대전 이후로 계속 영토 분쟁이 이어지고 있었다.

물론 러시아는 2차 세계대전 승전국이기 때문에 패전국 일본에게 영토를 반환할 의무가 없지만 일본의 입장은 그렇지가 못했다.

지금 일본은 자국의 해상 작전지역을 최대한 늘려 해상자위대의 기동 지역을 확보하는 데 열을 올리고 있기 때문에 중국, 한국과도 첨예한 대치를 이루고 있었다.

만약 지금 이곳에서 군사적 충돌이 일어난다면 과연 어떤 결과가 나올지는 아무도 예측할 수가 없었다.

하지만 그렇다고 해서 작전지역을 뒤로 물릴 러시아 해군이 아니었다.

―치익, 여기는 러시아 함대사령부다. 66전대 등장 바람.

"여기는 66전대."

─제2함대사령부 예하 제8전단이 출격할 것이다. 세르게이 하리토노프 준장의 명령에 따르기 바란다.

"이, 입감."

오히려 러시아는 이곳으로 해군을 더 보낸다는 입장이었고, 보병도 가만히 있지는 않겠다고 밝혔다.

"전대장님. 제78포병 여단과 제99포병 여단이 투입될 예정이랍니다!"

"…일이 점점 커지는 느낌이군."

"어떻게 할까요?"

"일단 하리토노프 제독의 명령에 따른다! 전단이 도착할 때까지 현 위치를 고수하고 방어 사격만 취할 수 있도록!"

"예!"

사할린 섬이 서서히 레드존으로 변해간다.

*   *   *

같은 시각, 일본에선 자위대의 북상이 사할린 섬 수복을 위한 북진이라는 기사가 인터넷을 도배하듯이 내걸렸다.

해상자위대의 병력이 북부로 진격하는 것은 극우 세력의 작품이라는 여론이 조금씩 머리를 들기 시작한 것이다.

그로 인하여 총리 관저와 자위대 사령부는 극심한 혼란을 겪고 있었다.

쾅!

"도대체 어떤 자식이 이런 말도 안 되는 낭설을 퍼뜨리고 있는 거야?!"

"지금 근원지를 추적하고 있습니다만, 아무래도 보수 정권과 관련된 신문사가 아닌지 의심됩니다."

"…그놈의 보수 정권 유착 세력들!"

여전히 제국주의를 표방하는 일부 세력들이 극단적인 행동을 보이고 있기 때문에 외교 문제가 심각한 형국으로 치닫고 있었다.

특히나 러시아와의 대립을 점점 더 양극화시키는 이런 행동들은 국익에 아무런 도움이 되지 않았다.

하지만 러시아가 군사를 증강시킨다는데 일본이라고 아무것도 하지 않을 수는 없었다.

"자위대 비행단을 파견할 수 있겠나?"

"…예?!"

"그랬다가 총리 관저에서 무슨 날벼락이 떨어질지 모릅니다!"

"모든 것은 내가 책임진다!"

국방성 슈이치 기타나리 차관은 자신이 모든 것을 짊어지고 자리에서 물러날 생각으로 비행단 파견을 추진하기로 했다.

하지만 그의 참모진이 극구 만류하는 움직임을 보였다.

"안 됩니다! 그것은 심각한 대립을 일으킬 수도 있습니다!"

"저들이 군사적 움직임을 보인다면 우리도 어쩔 수가 없지."

"그렇지만……."

"일단 군사를 움직이고 나면 내가 장관님과 상의하여 성명을 발표하겠다. 그렇게 되면 군사적 긴장감은 서서히 줄어들 거야."

기타나리 차관이 공군력 투입을 추진하고 있을 무렵, 생각지도 못한 낭보가 날아들었다.

"차관님! 미 해군 제7함대가 1개 항공모함 전단을 동해상에서 북해도 인근으로 키를 틀었다고 합니다!"

"미, 미국이?!"

"아무래도 러시아의 군사적 행동을 저지하려는 작전으로 보입니다!"

"허, 허어!"

"이러다가 중국까지 움직이는 건 아닌지 모르겠습니다."

아마도 미국의 개입으로 인해 러시아와 미국이 직접적으로 협상을 벌일 것이고, 일본은 그 사이에 끼어서 상황을 지켜보는 것이 옳은 선택이 될 것이다.

"좋아, 그렇다면 공군력 투입을 중지시키고 지금과 같은 해적 소탕에 집중할 수 있도록."

"예!"

슈이치 기타나리의 어깨가 위로 올라갔다가 빠르게 내려앉았다.

"후우, 죽는 줄 알았네!"

"고생 많으셨습니다. 하지만 아직 끝난 것은 아니지요."

"뭐, 그건 그렇지."

외교 문제는 지금부터가 시작이라 볼 수 있었다.

$*$　　$*$　　$*$

러시아 사할린 섬 후방으로 네 척의 여객선이 들어오고 있다.

뿌우!

─현재 사할린 남부로는 취항이 불가능하오니 북부로 우회하시거나 이곳에서 잠시 휴항한 후에 출발하시기 바랍니다! 다시 한 번 알려드립니다!

사할린 북부 항구에는 계속해서 경고 방송이 울려 퍼지고 있었고, 항해사들은 다시 스케줄을 짜느라 머리가 터질 지경이었다.

하지만 애초에 행선지가 이곳이던 여객선들은 큰 문제가 없었다.

태하는 여객선을 통해서 사할린으로 잠입하여 검문을 받고 예정되어 있던 중앙 지역으로의 진격을 준비했다.

"검문검색이 강화되었군."

"작전이 제대로 먹혀든 것이지요. 아마 전투가 벌어진다고 해도 쉽사리 탈출은 못 할 겁니다. 사방이 군사로 막힌 데다 그들 수뇌부는 이미 인터폴에 지명수배가 내려진 상태니까요."

"좋습니다. 모든 것이 순조롭게 진행되고 있어요."

애초에 해적질을 위해 만든 고속정은 그저 폐기 처분 직전의 어선을 개조해서 만든 모조품일 뿐 그 이상도 이하도 아니었다.

그나마 운이 좋아서 함포가 러시아 구축함을 맞췄을 뿐이지 절대로 의도된 것은 아니었다.

하지만 그 미필적 고의로 인해 지금 태평양에는 긴장감이 흐르고 있고, 그로 인해 사할린은 아예 고립되고 말았다.

일찌감치 배를 버리고 민수용 잠수함을 타고 이동해 여객선으로 갈아탄 태하는 아무런 의심도 받지 않은 채로 사할린에 입성할 수 있었다.

태하가 천하마술단을 본격적으로 사냥할 때가 온 것이다.

그는 자신을 따라온 명화방의 고수들에게 말했다.

"인정사정 볼 것 없습니다. 어차피 살려두었다간 우리만 피해를 볼 것입니다. 말로 할 것도 없이 그냥 다 베세요."

"비전투 인력은 어떻게 할까요?"

"일단 덤비는 놈들부터 다 죽이고 난 후에 생각합시다. 하지만 그들 역시 살인에 동조한 것이니 그냥 보낼 수는 없고, 억압해서 한 곳으로 모읍시다."

"예, 알겠습니다."

이윽고 사람을 싣고 갈 수 있는 관광버스 넉 대가 들어서 태하와 고수들을 태우고 천하마술단 중앙 지부로 향했다.

늦은 오후, 천하마술단의 중앙 지부 입구로 300명의 고수들이 도착했다.

태하는 중앙 지부의 입구인 주유소부터 파괴시키면서 돌입을 시작하기로 했다.

"마권장!"

콰아아앙!

극성으로 전개된 마권장이 날아가 입구를 부수면서 중앙 지부의 지하 1층이 훤하게 드러났다.

"됐습니다. 이제 슬슬 투입합시다!"

"예!"

파바바바밧!

300명의 고수들이 쏟아지듯 중앙 지부로 돌입할 즈음 BS그룹 휘하의 조직원들이 도착했다.

―회장님, 저희들 왔습니다!

"먼 길 오느라 고생 많았다. 하지만 조금 더 고생해야겠다. 우리가 이놈들을 족치고 있으면 넓게 화망을 구성해서 빠져나가는 놈들을 족족 죽여 버리는 거다."

―예, 알겠습니다!

무려 500명이 넘게 투입된 이번 작전이 성공으로 끝나게 된다면 아마 천하마술단은 첫 번째 본거지를 잃게 될 것이다.

*   *   *

이른 아침, 창암사 입구로 200명이 넘는 사내들이 우르르 몰려가고 있다.

"그냥 다 죽여 버려!"

"예, 지부장님!"

천하마술단 하북 지부로 파견된 중앙 지부의 마술단원 200명이 창암사를 불바다로 만들기 위해 달려가고 있다.

제아무리 무술의 경지가 뛰어난 승려들이라고 해도 피륙(皮肉)으로 된 사람이라면 이들을 이길 수 없을 것이다.

그들은 초목과 산림을 불태우기 위한 마법을 준비했다.

"파이어볼 준비!"

화르르르륵!

하지만 그런 그들의 파죽지세를 꺾는 사람들이 나타났다.

휘이이이잉!

─이놈들, 감히 이곳이 어디라고 그 더러운 발을 들여놓느냐?!

"이, 이게 무슨 소리야?"

마치 대뇌의 전두엽을 울리는 듯한 묵직한 목소리가 들리더니 이내 산에서 엄청난 숫자의 도인들이 쏟아져 나오기 시작했다.

파바바바밧!

"허업!"

콰앙!

"크헉!"

"뭐, 뭐야, 이 백의 장삼의 노인들은?!"

"이놈들, 서양의 요술을 가지고 창암산을 불태우려 했겠다?!"

창암산에는 수많은 도인이 기거하고 있었는데, 그들은 산의 정기를 받아 도가의 진정한 오의를 깨달으려 수행하는 사람들이었다.

창암사는 그런 그들을 품고 아우르는 만남의 장으로서 비단 불교 신자들만의 신전이 아니었던 것이다.

천하마술단원이 그런 사정을 알 리가 없었고, 무식하면 용감하다는 말과 같이 200명의 마술단원을 동원한 것이다.

퍽퍽퍽!

"질풍각이다!"

"끄헉!"

"이런 미친 노인네들을 보았나?!"

"그래, 우리는 미친 노인네들이다! 하지만 보금자리를 빼앗길 정도로 나약하지는 않다!"

각 개인이 가진 무공의 경지가 가히 혀를 내두를 정도였으니 천하마술단은 이쯤에서 물러나지 않을 수가 없었다.

"후, 후퇴다!"

"흥, 가소로운 놈들 같으니!"

하나 그들이 도망치려는 퇴로에는 거대한 산과 같은 사람 둘이 서 있었다.

"아미타불, 이 양우가 당신들을 처단할 것입니다! 각오하시길!"

"이런 씨발! 저것들은 또 뭐야?!"

"욕지거리가 튀어나오는 것을 보니 아직 더 맞아야 할 모양입니다."

"아미타불! 성불하시길!"

양우 선사와 카퍼데일 회장은 권과 검을 뻗어 천하마술단 원을 쓸어버리기 시작했다.

3. 숨겨졌던 진실

사할린 섬 지하 천하마술단의 본거지 안.

명화방의 고수 300명이 일사불란하게 움직이며 저항하는 마법사들을 하나둘 해치우고 있다.

"허업!"

촤락!

"크허어억!"

피가 사방으로 튀어 올라 주변이 모두 혈액으로 물들었으나, 고수들의 손길은 전혀 주저함이 없었다.

그들이 지금까지 벌인 만행을 생각하면 이렇게 순순히 죽여주는 것만으로도 감사해야 할 판이기 때문이다.

"이놈들, 피로써 속죄하라!"

"흥! 개소리!"

스스스스스!

"파이어월!"

거대한 불길이 태하의 앞을 막아섰으나 그는 멈추지 않고 마법사의 목에 검을 찔러 넣었다.

푸우욱!

"허, 허어억!"

"이게 바로 악인의 말로다! 더 이상 악행을 저지를 수 없도록 만들어주마!"

찔러 넣은 검을 옆으로 비틀어 목을 베어버린 태하는 사자후를 터뜨렸다.

"…투항하면 목숨만은 살려주겠다! 전원 투항하라!"

"미친놈이군, 겨우 300명 때문에 우리가 투항할 것 같은가?!"

"쯧, 그렇다면 별수 없군. 보이는 족족 다 죽이는 수밖에."

1인당 20~30명의 전투력을 낼 수 있는 고수들이 300명 모였다는 것은 거의 1만에 달하는 전투 인력과 맞먹는다는 소리다.

이들이 그런 사정을 알 리가 없으니 당연히 기세등등하게 혈전을 펼치려는 것이다.

하지만 태하의 천검진이 한 번 발동하고 나서부터는 얘기가 달라진다.

스르르르릉!

250개의 검이 태하의 주변을 부유하면서 그의 앞을 막아서는 적의 목을 보이는 족족 베어나갔다.

촤락, 촤락!

마치 벌집 앞의 벌 떼처럼 태하의 주변을 맴돌며 각기 다른 무공을 쏟아내는 천검진은 가히 항공모함이나 다름없었다.

고수들은 천검진의 화려함에 잠시 넋을 잃었다.

"저것이 바로 진정한 천검진의 힘……!"

"적으로 만났다면 과연 어땠을지 상상조차 하기 싫군."

태하가 지나가는 자리에는 어김없이 피가 솟구쳐 올랐고, 명화방의 고수들은 그런 그의 뒤를 따르며 함께 적을 쓰러뜨려 나갔다.

바로 그때, 하늘에서 거대한 덩치의 괴인이 떨어져 내렸다.

쿠웅!

까앙!

천검진을 펼쳐 괴인이 내뿜은 검기를 막아낸 태하는 그의 얼굴을 확인하곤 소스라치게 놀랐다.

"크흑, 크흑!"

"가란델?!"

"애송이, 오늘은 절대로 봐주지 않겠다!"

가란델은 분명 태하의 손에 목숨을 잃었다.

"어, 어떻게……?"

"이 세상에는 네놈이 알지 못하는 신묘한 힘이 많이 있다. 네놈의 학식이 아무리 높다고 한들 그것들을 다 이해할 수는 없는 노릇이다."

가란델이 다시 살아났다는 것이 놀랍기는 해도 그에게 주눅이 들 태하는 아니었다.

척!

"네놈이 다시 살아났다고 해서 달라질 것은 없다! 덤벼라!"

"크하하, 죽여주마!"

이미 천월령의 내단을 흡수하면서 태하의 경지는 현경을 뛰어넘어 자연경의 초입에 이르고 있었다.

아직까지 깨달음의 벽을 뛰어넘지 못했기 때문에 완벽한 자연경의 경지에 이르지는 못했지만 태하의 폭발력은 가란델을 압도하기에 충분했다.

"천검진, 폭풍검성!"

촤르르르르륵!

검이 쏟아지는 유성우처럼 붉게 물들어 가란델을 향해 날아가 불을 뿜었다.

펑, 펑, 펑!

"크하하! 이 정도밖에 못하느냐?!"

가란델은 놀랍게도 천검진을 그대로 맞으면서 태하에게로 돌진했는데, 달리면서 주변의 공기를 빨아들여 상처를 치료하고 있었다.

게다가 그는 자신의 발을 적시고 있는 마술단의 피와 살을 흡수하여 다시 진기로 되돌리고 있었다.

슈가가가각!

"…흡성대법?!"

"크하하, 죽어라!"

가란델의 발은 흡성대법을 자유자재로 사용하고 있었으며, 그의 검은 공기와 피를 빨아들여 만든 내력으로 엄청난 공격을 펼칠 수 있게 되었다.

우우웅, 콰앙!

폭발하는 가란델의 검이 직선으로 떨어져 내리자, 태하는 천검진으로 검막을 펼쳤다.

촤라라랑!

250개의 검으로 만든 검막을 사정없이 두드린 가란델은 곧이어 전법을 바꾸어 태하를 공격했다.

"으라차차!"

그의 손에서 뻗어 나온 검붉은 피가 큰 대검을 이루더니 이

내 그 안에서 작은 박쥐들이 쏟아져 나왔다.

"이, 이건 또 뭐야?!"

"크하하하! 빨아들여라! 모조리 먹어치우는 거다!"

박쥐들은 명화방의 고수들에게 달라붙어 피와 진기를 빨아내고 가란델에게 전해주었다.

츱츱츱!

"저, 저리 가지 못하겠느냐?!"

"이런 괴물 같은 놈을 보았나?!"

고수들이 검을 휘둘러 박쥐들을 베어냈으나 이미 그의 몸으로 진기와 피가 전해진 후라서 큰 소용이 없었다.

잠시 후 가란델은 피와 진기를 머금어 몸집이 열 배가량 부풀어 올랐다.

"우욱, 우우우욱!"

뚜두두둑!

그는 인공적으로 환골탈태를 이뤄냈으며, 그 내단은 이미 현경의 경지를 뛰어넘은 폭발력을 잠재하고 있었다.

가란델은 태하를 향해 거침없이 권법을 전개시켜 나갔다.

"크흐흐, 죽어라!"

슈수수슉, 팟!

권이 태하를 향하면서 대략 100개의 변초를 만들어냈는데, 이것은 공손가에서 내려져 오는 무영신장이었다.

권의 복잡함이 타의 추종을 불허하는 무영신장은 건곤일식에 비유될 정도로 빼어난 절학으로 평가받는다.

 하지만 그것을 온전히 운용할 정도의 내공을 갖추려면 현경의 경지를 뛰어넘어야 하기 때문에 아직까지 극성으로 무영신장을 펼친 사람은 없었다.

 가란델은 자신이 만든 반쪽짜리 경지를 이용하여 무영신장을 펼쳐 태하에게 일격을 퍼부었다.

 콰앙!

 "크허억!"

 무려 100가지의 변초 중에서 단 하나의 공격을 막아내지 못한 태하는 큰 폭발음과 함께 멀리 나가떨어지고 말았다.

 태하는 그가 피를 빨아 먹으면서 남이 가지고 있던 외공까지 함께 흡수했다는 것을 알 수 있었다.

 "…무지막지한 놈이군. 어떻게 저러고도 주화입마에 걸리지 않을 수 있는 거지?"

 "크하하하! 그런 심오한 절학을 네놈이 일일이 다 해석할 수 있겠느냐? 그냥 편안하게 죽음을 받아들이기나 해라!"

 "더러운 자식이군. 남의 외공과 내공을 빼앗아 자신의 것으로 만들고 그것을 섞어서 악용하다니 말이야."

 "원래 세상은 승자의 것이다. 네놈들이 나에게 할 수 있는 것은 아무것도 없다."

바로 그때, 하늘에서 엘리슨의 신형이 뚝 떨어져 내렸다.

부우우웅!

그리곤 그녀의 손에서 거대한 화염이 뿜어져 나와 가란델을 향했다.

"가란델, 네놈을 요리하는 것은 내 몫이다!"

"에, 엘리슨?!"

그녀의 손에서 뿜어져 나온 화염이 가란델의 몸에 달라붙자, 그것에서부터 검은색 불길이 일어나 그의 몸을 태워 나가기 시작했다.

화르르르륵!

"끄아아악, 끄아아아아!"

"멍청한 놈, 네놈은 강함만을 찾아다니는 그 성정이 문제야. 적당히 먹고 적당히 쌌다면 지금처럼 몸이 녹아내리는 일은 없었을 텐데."

"…리턴 투 파이어?!"

"잘 가라."

엘리슨의 일격에 그대로 목숨을 잃어버린 가란델을 바라보며 태하가 허무하게 웃었다.

"허어! 이게 도대체 무슨 조화래?"

"가란델은 원래 시신을 조각조각 붙여서 만든 사람이에요. 한마디로 소설 속에 나오는 프랑켄슈타인의 실사판이라고나 할까요?"

"으음, 어쩐지 왼쪽과 오른쪽이 조금 다르게 생겼다 했어."

"그렇기 때문에 악의 시종처럼 죽었다 다시 살아난 놈들을 불로 되돌리는 마법을 사용하면 금방 해치울 수 있죠."

"역시 정보부장 출신이라 뭔가 달라도 다르군요."

"아마 나는 지금과 같은 상황에 닥쳐 있을 당신을 도우려고 이 집단의 정보부장으로 있었나 봐요."

"고맙군요."

"뭘요. 우리는 만리장성을 쌓은 사이인데."

그녀의 사랑스러운 눈에서 꿀이 뚝뚝 떨어지는 것 같았다. 태하는 그런 그녀의 허벅지를 살며시 쓰다듬었다.

"내 짝은 따로 있었던 모양이군."

"그걸 이제야 깨닫다니, 당신도 어지간히 둔하군요?"

"당신의 손길과 혀가 나를 일깨워 주었지."

명화방의 고수들은 대놓고 사랑놀음을 하고 있는 태하와 그녀에게 투덜거리듯 말했다.

"분위기 좋은데 방해할 생각은 없습니다만……."

"…미안합니다."

태하는 퍼뜩 정신을 차리고 계속해서 정벌을 이어나갔다.

*　　　　*　　　　*

창암산 끝자락에 위치한 암자 안.

카퍼데일은 창암산에서 수행하고 있는 수많은 도사와 함께 술잔을 기울이고 있었다.

꿀꺽!

"으허, 좋다!"

"100년 묵은 산삼주의 맛이 어떻소?"

"산과 벗 삼으니 이런 행운이 다 찾아오는군요."

"산은 무한한 공간이오. 바다 역시 그러하지만 산은 산대로 매력이 있소."

"으음, 그렇군요."

"만약 기회가 된다면 무인도에 기거하면서 바다의 정취를 느껴보고 싶소만, 배가 없어서 좀 힘들겠구려. 지도도 없고."

카퍼데일은 그들에게 제안을 하나 했다.

"바다가 그렇게 궁금하면 가보면 되지 않겠습니까?"

"이 사람이! 그렇게 쉬운 일이었다면 우리가 왜 지금까지 여기에 있겠소?"

"제 사제 중에 그런 섬을 몇 개 가지고 있는 자가 있습니다."

"섬이라면 무인도를 말씀하시는 거요?"

"예, 그렇습니다."

"오오!"

"다만 동양에서 조금 떨어져 있다는 것과 날씨가 상당히 춥다는 것? 그게 단점이라면 단점이겠지요."

도인들은 그의 얘기에 솔깃했다.

"그게 어찌 단점이 되겠소? 사람은 추우면 추운 대로, 더우면 더운 대로 살아갈 수 있는 동물인데."

"그렇군요. 그렇다면 제가 한번 다리를 놓아드릴까요?"

"오오, 그렇게 해주실 수 있겠소?!"

"아마 사제의 배포라면 이곳에 있는 모두를 데리고 가줄 수도 있을 겁니다."

"하하, 사내의 배포가 그 정도는 되어야지! 그래, 지금 그는 어디에 있소?"

"조금 난감한 일에 봉착해서 고전을 면치 못하고 있는 중이지요."

"저런……!"

"만약 그 일만 끝난다면 곧장 이곳으로 데리고 올 수도 있습니다"

"그럴 필요가 뭐 있겠소? 우리가 찾아가면 될 것을."

"하지만 만약 그랬다가 창암사가 불에 타면 어쩝니까?"

양우는 고개를 가로저었다.

"아미타불, 이제 곧 창암사는 보호구역으로 지정될 예정입니다. 더 이상 우리가 무술을 연마하거나 도인들이 사투를 벌일 필요가 없다는 뜻입니다."

"아하, 그런 방법이……!"

"저 역시 허락된다면 바다와 사막을 한 번쯤 경험해 보고 싶습니다. 그곳에도 과연 부처님의 깊은 뜻이 있을지 궁금하군요."

"그렇다면 다 함께 제 사제에게 가시지요. 그는 사막의 여행 루트를 개척한 사람입니다. 고비사막을 종단하면서 여행 루트를 개척했고, 그곳에 에너지 음료 창고를 만들었습니다. 사막을 여행하고 싶다면 아주 좋은 경험이 될 겁니다. 또한 북미 대륙의 로키산맥에도 트레킹 코스가 있습니다. 아이슬란드에도 사유지가 있고요."

"으음, 꿈을 이룰 수 있는 기회가 되겠군요."

"다만 그는 불가에 기인한 사람이 아니니 가는 것이 있어야 오는 것이 있을 겁니다."

"이를테면 어떤……?"

"지금처럼 힘든 시기를 함께 보내준다든지 하는?"

도인들과 양우는 흔쾌히 고개를 끄덕였다.

"그런 것이라면 걱정할 필요가 없소. 어차피 우리에겐 남는 것이 시간이오. 깨달음을 위한 정진만 있다면 무엇을 하던 상관이 없으니."

"그렇다면 악인들을 벌하는 일에 동참하실 수도 있습니까?"

"악인이라… 악인들을 벌하는 것 역시 부처님의 깊은 뜻 아니겠습니까? 저는 가겠습니다."

"우리도 가겠소!"

카퍼데일은 미소를 지었다.

"좋은 경험이 되실 겁니다."

"아미타불."

잠시 후, 양우에게로 한 승려가 다가왔다.

"주지 스님, 말씀하신 자료들을 가지고 왔습니다."

"고맙습니다."

양우는 처음부터 이곳을 나가 창암사와 관련되어 있는 사건을 정리하기로 마음먹고 있었다.

자신이 주지로 있는 한은 지금과 같은 사건이 벌어져선 안된다고 생각한 것이다.

그는 이번 일을 마무리하는 대로 태하의 사유지를 돌면서 삼보일배를 하고 심신을 다질 생각이었다. 그러자면 천하마술단을 징벌하는 데 동참하지 않을 수 없었다.

"아미타불, 소승이 이번 조사에 동참하고 싶은 마음에 자료를 좀 모아보았습니다. 이번 일이 끝나고 나면 소승의 작은 소원을 들어주실 수 있을는지요."

"물론입니다. 힘이 되어주신다면 저희들도 여러분의 힘이 되어드릴 겁니다."

"오오, 갑시다! 안 그래도 이 깊은 산중보다 바다나 사막이 더 나을 것 같다는 생각이 들던 참이오!"

이곳에 기거하고 있는 도인들의 정확한 숫자는 다 측정하기 힘들지만, 이번 사태에 맞서 함께 힘을 보태주기로 한 사람은 총 100명이었다.

사람은 100명이지만 그들이 가진 힘은 무공으론 도저히 형언하기 힘들 정도로 신비한 것이었다.

카퍼데일은 태하를 이용하여 그들을 포섭하긴 했지만 그것이 사제에게 나쁜 일은 아닐 것이라고 확신했다.

'큰 공부가 될 걸세.'

그는 싸움이 한창일 사할린으로 향했다.

          *   *   *

중국 충칭의 한 허름한 공동묘지 안.

퍽퍽퍽!

곡괭이와 삽을 든 사내들이 무덤을 파헤치고 있다.

"여기가 맞아?"

"그녀들이 준 지도에 따르면 이곳이 확실해."

"하여간 취향 참 특이한 사람들이란 말이지. 도대체 뭐 때문에 사람 시체가 필요하다는 거야?"

"내 알 바야? 우리는 그냥 시신이나 건져서 건네면 되는 거지."

깡깡깡, 까앙!

한참 곡괭이를 내려치던 사내가 뭔가 묵직한 것이 걸려 곡괭이를 내려놓았다.

"여기야, 여기가 확실해!"

"알겠어. 이제 나와. 내가 알아서 마무리할게."

초록색으로 머리를 염색한 한 청년이 곡괭이를 건네받아 그것으로 단단하게 막힌 석관을 두드리기 시작했다.

쿵쿵쿵, 콰앙!

그의 엄청난 완력에 석관은 더 이상 버티지 못하고 산산조각이 나버렸고, 그 안에 가득 차 있던 먼지가 마치 안개처럼 뿜어져 나왔다.

슈아아아악!

사내는 재빨리 먼지를 피해 무덤가에서 멀리 떨어졌지만, 나머지 두 명은 미처 피하지 못하고 먼지에 정통으로 노출되었다.

그러자 그들의 몸이 서서히 녹아들기 시작했다.

끼이이이이익!

"끄아아아악!"

"회성!"

"사, 살려줘! 사람 살려!"

순식간에 녹아버린 탓에 아무런 조치도 취할 수 없던 사내는 그저 허망한 눈으로 무덤가를 바라볼 뿐이다.

그는 무려 20년이나 함께한 동료들의 죽음에 굵은 눈물을 떨어뜨렸다.

"흑흑, 이게 도대체 무슨 난리야? 돈 몇 푼 벌자고 사람이 둘이나 죽다니……."

사내는 한참이나 비통해하다가 이내 정신을 다잡았다.

"그래, 이렇게 된 김에 내가 끝장을 봐야지."

그는 방진복을 입고 무덤 안으로 들어가 손전등을 켜고 그 내부를 살펴보았다.

딸깍!

손전등이 켜지자마자 무덤 안의 처참한 광경이 그의 눈에 들어왔다.

"…이, 이게 다 뭐야?!"

무덤 안에는 네 구의 시신이 뒤엉킨 채로 놓여 있었는데, 시신에선 지독한 맹독이 구름처럼 뿜어져 나오고 있었다.

만약 그가 방진복을 입지 않았다면 벌써 신체가 전부 다 녹아 없어져 버렸을지도 모른다.

"젠장, 도대체 이런 시신들이 왜 필요하다는 것인지 도통 모르겠군."

이윽고 그는 방진복에서 위성 전화를 꺼내 누군가에게 통화를 시도했다.

뚜우—

—네, 접니다. 찾았습니까?

"말씀하신 대로 네 구의 시신을 찾았습니다."

—후후, 잘했습니다.

"그런데 말입니다, 사람이 죽을 수도 있는 일이라면 최소한 설명은 해주셔야 하는 것 아닙니까?"

—사람이 죽었어요? 이런, 죄송합니다. 그것까진 미처 생각을 못 했네요.

"……"

—대신 그 사람들의 가족이 평생 먹고살 수 있는 돈을 드리겠습니다. 그것으로 괜찮으시죠?

"돈이요?"

—그래요, 돈. 돈 때문에 사람이 죽었는데 돈으로 보상하지 않으면 도대체 무엇으로 보상하겠어요? 저는 죽은 사람을 온전히 되살리는 능력은 없어요.

그는 하는 수 없이 고개를 끄덕였다.

"알겠어요. 대신 가족들에게 돈이 정확하게 전달되는지 내가 직접 봐야겠습니다."

—그렇게 못 미더우시면 직접 전해주시죠.

"…됐어요. 전해주고 연락 주세요."

—그래요, 잘 알겠습니다.

그는 전화를 끊고 재빨리 무덤을 나왔다.

'죽어도 그렇게는 못 하겠어. 어떻게 내 손으로 비보를 전한담?'

사내는 옷을 벗고 현재 위치에 GPS 송신기를 놓은 뒤 재빨리 무덤가를 벗어났다.

*　　　*　　　*

방진복에 방독면까지 뒤집어쓴 천월령이 공동묘지 안을 살피고 있다.

그녀는 돋보기로 시신들을 훑어보더니 이내 고개를 내저었다.

"이런, 너무 처참하게 죽었는데?"

"어떻습니까? 못 쓰겠습니까?"

"쓸 수는 있어요. 하지만 워낙 맹독에 중독되어 있던 터라 100% 가동할지는 의문이네요."

"독왕 당영성의 최후 아닙니까? 당연한 일이죠."

"흐음, 일부 예상은 했지만 이렇게까지 고강한 무공을 가지고 있을 줄은 몰랐어요."

천월령은 이곳에 있는 시신을 모두 수습하여 진공 팩에 담았다.

"세 구는 가란델을 만들어야 하니 따로 빼놓으시고 당영성의 시신만 제 연구실로 가져다주세요."

"예, 알겠습니다."

그녀는 당영성을 다시 되살려 궁극의 무인을 이 땅 위에 재현해 내고 남은 세 명의 고수 역시 가란델로 재탄생시킬 생각이다.

지금까지 그녀가 연구한 결과에 따르면 보통 네 구의 시신을 분해시켜서 가란델로 만들었을 때 가장 강력한 힘을 발휘했다.

지금까지 그녀가 찾던 시신 중에서 이번이 가장 강력했으니 당영성을 부활시키다가 실패하면 네 명의 시신을 짜깁기해서 가란델을 재생시킬 것이다.

만약 당영성의 부활이 성공하게 된다면 지금 자신이 실험하다 실패한 시신들을 세 구의 시신과 짜깁기할 생각이다.

"좋아, 아주 좋아요."

그녀는 지금까지 당영성의 무덤을 찾아 무려 50년이라는 시간을 헤맸다.

자료에 따르면 그의 독 무공이 대륙 최강이었다고 하는데,

지금 당문이 신 무림맹주로 우뚝 선 것도 다 그 때문이었다.

아마 당영성을 자신의 수하로 둘 수 있다면 지금의 무림맹을 그녀가 흡수하고 천하마술단이 없어도 충분히 거두로서 살아갈 수 있을 것이다.

한껏 기분이 좋아진 그녀는 직접 시신과 함께 자신의 실험실로 향했다.

상하이 동방명주 지하에 위치한 천월령의 실험실.

부글부글.

그녀의 실험실은 놀랍게도 동방명주 한복판에 있었는데, 사람들은 이곳을 그저 지하 수로나 심해 담수 시설쯤으로 생각하고 있다.

심지어 중국 당국의 관계자들조차도 그녀의 실험실이 존재하는지 알 수가 없을 정도이니 이곳에서 무엇을 하든 상관이 없을 것이다.

그녀는 오늘 찾아온 당영성의 시신을 냉동 보관고에 넣고 급속 냉동시켰다.

시신은 도굴한 당시 그대로 최대한 길게 보존하는 것이 관건인데, 시신 안에 자리 잡고 있는 혈맥이 상하지 않아야 되살렸을 때 제구실을 할 수 있기 때문이다.

천월령은 당영성의 시신을 냉동고에 넣어놓고 그가 사용하던 무공에 대한 자료를 추려서 그 안의 내용을 읽어 내려갔다.

그녀는 당문의 무공이 여타 다른 문파에 비해서 상당히 복잡하고도 심오한 면이 있다고 생각했다.

암기와 독을 내공과 함께 접합시켜 상대를 제압하는 그들의 수련법은 여타 다른 문파와는 상대가 되지 않을 정도로 혹독하고 처절했다.

그 때문에 당영성의 시체는 무려 1천 년 가까이 지났음에도 불구하고 여전히 그 살점이 고스란히 남아 있었다.

그녀가 지금까지 당영성을 쫓아다닌 이유는 당문의 모든 인물을 상대로 실험했을 때, 그의 시신이 보존 상태가 가장 좋기 때문에 부활했을 때 온전하게 정신이 남아 있을 가능성이 가장 크기 때문이다.

물론 잦은 시행착오와 추가 실험 등으로 모두 다 사망하고 남은 사람이 없지만 이번에는 다를 것이라고 확신하는 그녀다.

"그래, 이번에야말로 내가 원하는 그런 사람을 만들어낼 것이다!"

우선 죽은 무인을 되살리려면 그 혈맥에 대해 이해해야 하고 진기가 어떻게 흘러갔을지 연구하는 것이 중요하다.

사람을 되살릴 때 마력을 주입하는 것도 중요하지만 그 마력이 내단에 모여 진기처럼 운용되어야 하기 때문이다.

그녀는 자신과 천하마술단의 두뇌들이 50년에 걸쳐 완성시킨 슈퍼컴퓨터에 당영성의 정보를 입력시켰다.

[추가 정보를 입력해 주십시오.]

이제 그녀는 당영성의 시신을 꺼내어 X—RAY와 CT영상을 촬영할 것이다.

이것으로 그의 혈도와 내단 등을 분석하여 컴퓨터에 입력시킨 후 정확한 시료를 얻어내는 것이다.

"후후, 그럼 어디 한 번 시작해 볼까?"

손바닥을 맞대고 비비면서 웃는 그녀의 표정은 희열에 가득 차 있었다.

하지만 그녀의 희열은 얼마 가지 못하고 져버렸다.

"천월령 님!"

"…뭐야?"

"TV를 좀 틀어보시지요!"

그녀는 지하실을 지키는 호위 겸 천하마술단 소식통의 말에 TV를 켰다.

―사할린 섬에서의 첨예한 대치로 인해 남부 지역으로의 여행이 제한되며, 북부를 비롯한 각 지역에 검문소가 설치될 예정입니다. 또한…….

천월령은 이게 도대체 무슨 일인가 싶었다.

"사, 사할린이 갑자기 왜 이렇게 된 건가?"

"뜬금없이 해적들이 나타나서 기승을 부리다가 군부 세력이 집결하여 소탕 작전을 벌였답니다. 그 과정에서 국경 해협에서 군사적 충돌이 일어난 것으로 보입니다."

"…어처구니없는 일이군."

"어찌 되었든 간에 이번 일로 인해 사할린이 고립되었습니다. 그리고 그 이후에 명화방이 쳐들어와 가란델과 어둠의 시종들을 전부 다 잡아 죽였다고 합니다."

"두 번째 가란델이 죽었다고?"

"예, 그렇습니다."

"사람 귀찮게 하는데 도가 튼 놈들이군."

"어떻게 할까요?"

"어떻게 하긴, 가란델을 또 만들어서 내보내야지."

그녀는 가란델을 만들 수 있는 수술실로 향했다.

4. 그녀의 과거

　터질 듯한 긴장감이 맴돌던 사할린 섬에 서서히 평화가 찾아오고 있다.

　한, 미, 중의 중재로 인해 모든 것이 오해로 밝혀진 이번 사건은 앞으로 두고두고 사람들의 입에 오르내릴 해프닝이 되어버렸다.

　특히나 일본은 앞으로 더 이상은 사할린 섬에 대한 영유권을 주장할 수 없게 되어버렸고, 중국과 한국 사이의 영토 분쟁에서도 그 입지가 좁아졌다.

　러시아의 북방 한계선을 돌파하지 않는다, 또한 사할린 섬에 대한 영유권 주장을 철회한다는 조건이 이번 협상에 정확히 기재되었기 때문이다.

자국의 영토를 침공하는 자에 대해선 단호하게 대처하는 러시아를 더 이상 자극하지 않는 것이 좋다고 판단한 일본 정부는 최초로 한 수 접어주는 식의 외교를 보여주었다.

일본의 외교 전문가들은 이를 두고 '해적이 망쳐놓은 판이다'고 떠들어대며 해상자위대의 무능함을 질타하였다.

또한 일본 해경의 치안 유지에 대한 질타가 마구 날아와 청장을 교체해야 한다는 목소리까지 나오고 있었다.

한마디로 해적들이 벌인 일주일간의 농성으로 동북아시아의 정세가 급변하게 된 것이다.

그러는 와중에도 명화방의 천하마술단 본거지 습격은 계속되어 20명의 수뇌부를 사로잡고 4천 명에 달하는 천하마술단원을 사살하는 쾌거를 이루었다.

천하마술단의 첩보단장과 공격대장, 재무담당관 등, 조직의 두뇌와 같은 20명의 단원들은 하나같이 자결을 시도했다가 고수들에 의해 혈도를 점혈당한 상태였다.

간신히 숨만 쉬고 있는 그들에게 태하가 말했다.

"너희들에게 갱생의 기회를 주겠다. 지금 내가 입으로 가는 혈도를 풀어줄 테니 자신이 아는 것들을 말해주기 바란다. 만약 자살을 기도한다면 어쩔 수는 없겠으나 이곳에 나와 있는 너희들의 신상 정보를 토대로 가족을 찾아내 적당한 조치를 취할 것이다."

"……."

태하는 가장 먼저 첩보부장 카라의 혈도를 풀어주었다.

툭툭!

카라는 혈도가 풀리자마자 혀를 쭉 내밀고 자살을 시도하려 했으나. 안나의 만류로 그렇게 하지 못했다.

"카라, 그만해! 조직이 너에게 해준 것이 도대체 무엇이기에 이러는 거야?!"

"…조직이 무언가를 해주기를 바라기보다는 내가 조직을 이끌어가는 사람으로서 뭔가를 해주어야 한다는 것이 사람 된 도리가 아니겠어?"

"사람 된 도리라니, 제정신이야? 우리가 도그 하우스에서 당한 그것들을 벌써 잊은 것은 아니겠지?"

"……."

"이 세상에 그 어떤 사람이 10대 소녀들을 잡아다 성노예로 팔아먹고 주기적으로 고문과 같은 실험을 할까? 그런 사람들이 있기는 할까?"

"그것도 다 조직을 위한 일이었음을 너 역시 잘 알고 있지 않나?"

"개소리! 다 헛소리야! 첩보부장으로 오래 있어서 그런지 사상이 다 썩어버렸구나!"

"사상이 썩은 것은 네년이다! 감히 조직을 배신하고도 살아 남기를 바란단 말인가?!"

천하마술단 내에서도 외골수로 유명한 카라는 첩보단 특유의 이중 노선 임무를 부여하는 사람으로서 중심을 잘 지켜왔다.

만약 여기서 그녀가 자신의 신념을 저버리게 된다면 첩보단의 존립은 있을 수 없을 지도 모른다.

하지만 그 모든 것 역시 허상에 지나지 않는다는 것을 안나는 잘 알고 있었다.

"네 얼굴, 왜 그렇게 되었는지 궁금하지 않아?"

"……."

"네 얼굴이 그렇게까지 흉측하게 일그러진 것은 전부 그 빌어먹을 실험 때문이야. 나를 봐. 이제는 정상인으로 돌아왔잖아?"

카라 역시 비뚤어진 혈도로 인해 얼굴이 흉측하게 일그러져 있었는데, 그녀 역시 어린 시절에는 상당히 빛나는 미모를 지니고 있었다.

그런 그녀의 과거는 이제 오랜 동료들과 잃어버린 가족들만이 기억하고 있을 뿐이다.

여자로서의 감성이 아직까지 남아 있는 카라에게 안나는

치료를 받고 이제부터라도 여자로서 당당히 살 수 있도록 설득했다.

"함께 치료를 받자. 이제부터라도 멀쩡한 얼굴로 가족들을 만날 수 있게 노력하자는 소리야."

"…넌 가족을 만났나?"

"아버지는 돌아가시고 어머니만 남았더라. 사람은 영원히 살 수 없어. 만약 지금 이렇게 허무한 뜬구름만 잡다가 세월을 허비하게 되면 넌 다시는 가족을 볼 수 없게 될 거야."

"……"

"선택해. 지금 네가 갱생의 의지를 보인다면 치료해 주고 가족도 만나게 해줄 수 있어."

태하는 카라 역시 안나와 마찬가지로 몇 곳의 혈도만 뚫어주어도 일그러진 얼굴이 다시 원상 복구될 수 있다고 생각했다.

하지만 중요한 것은 그녀의 의지였다.

"세상을 살아가는 데 가장 중요한 몇 가지가 있습니다. 가족과 연인, 그리고 친구입니다. 이것은 절대로 변하지 않는 진리와 같아요. 당신도 잘 알고 있을 겁니다. 천하마술단에는 미래가 없다는 것을 말입니다."

"…우리는 세상을 지배할 것이다."

"반대로 세상을 지배하려다 실패해서 전부 사살되거나 감옥에서 평생 썩을 수도 있지요."

"……."

"언제까지 뒷골목 생활만 할 겁니까? 이제는 세상 밖으로 나올 때도 되었잖아요?"

카라는 끝내 혀를 깨물었다.

뚜두둑!

"우우욱, 우우우욱!"

태하는 재빨리 그녀의 혈도를 점하려 하였으나, 이미 혀가 말려들어 기도를 막아버렸기 때문에 어찌할 도리가 없었다.

안나는 씁쓸한 눈으로 그녀를 바라보았다.

"…독한 아이야. 끝까지 이런 식으로 자신의 의지를 관철시키다니 말이야."

"어딜 가나 이런 사람이 하나쯤은 있잖아요?"

태하는 남은 수뇌부들에게 물었다.

"너희들도 같은 생각인가?"

"…구차하게 묻지 말고 그냥 죽여라. 저런 변절자 년과 함께 할 생각은 추호도 없으니."

"그래, 그럴 줄 알았다. 하지만 너희들을 그냥 죽일 수는 없다. 앞으로 얻어내야 할 것이 많으니 말이야."

태하는 그들의 입을 다시 막은 후 그린란드 사설 감옥에 투옥시키기로 했다.

"앞으로 늙어 죽을 때까지 식물인간처럼 살아보면 천하마술단에 들어간 것을 후회할 날이 오겠지."

"……?!"

세상에서 가장 고통스러운 것은 지옥 불에서 구르는 것도 아니요, 찢어질 듯한 고문을 받는 것도 아니다.

그것은 바로 무력함과 함께 아무것도 할 수 없는 자신을 발견했을 때일 것이다.

조금 잔인한 방법이긴 하지만 갱생에는 이만한 방법도 없었다.

"갑시다."

"예, 천검진 님."

명화방의 고수들은 천잠사로 천하마술단의 수뇌부를 묶어서 전용기에 실었다.

*   *   *

DMS그룹 상하이 본사 회장 집무실은 화려한 경관을 자랑하는 명당이다.

쏴아아아아!

특히나 오늘처럼 비가 오는 날이면 술 한잔하기에 아주 제격인 곳이다.

그런 회장 집무실에 손님이 찾아왔다.

똑똑.

"회장님, 대모님께서 오셨습니다."

"…대모께서?"

독고성문은 뜬금없이 자신을 찾아온 대모를 바라보았다.

"어서 오십시오."

"잘 지내셨나요?"

"물론입니다. 대모께선 어찌 지내셨는지요?"

"요즘 아주 공사가 다망합니다. 그래서 눈코 뜰 새 없이 바쁜 나날을 보내고 있는 참이지요."

"그러셨군요."

그는 대모를 소파로 안내했다.

"일단 좀 앉으시죠. 비가 오는 날엔 와인이 좋던데, 한잔하시겠습니까?"

"화이트 와인으로 부탁할게요."

"잠시만 기다리십시오."

독고성문은 자신이 아끼는 빈티지 와인 중에서 가장 품질이 좋은 것을 꺼내어 한 잔 따랐다.

쪼르르르.

"향이 좋군요."

"마음에 든다니 다행입니다."

독고성문은 자신이 마시던 위스키로 잔을 채웠다.

"건배할까요?"

"아니요."

두 사람은 각자 한 모금씩 술을 머금은 후 이야기를 이어나갔다.

"그나저나 저를 찾아오신 이유가 있습니까?"

"단도직입적으로 얘기하겠습니다. 명화방을 공격하려던 우리의 계획이 수포로 돌아갔습니다."

"…그게 무슨 말씀이십니까?"

"알고 계시겠지만, 사할린이 포위당했습니다. 그리고 그렇게 고립된 상태로 우리 천하마술단의 본거지가 격파되었고요."

"천하마술단은 본거지가 많은 것으로 알고 있습니다. 그게 실패의 요인이 될 수는 없다고 생각합니다만?"

독고성문은 명화방의 몰락을 기대하며 천하마술단에게 신세를 진 것은 아니지만, 어느 정도 성과를 올려주기를 바라고 있었다.

그럼에도 불구하고 그들이 스스로 의뢰를 포기하겠다는 것은 쉽사리 받아들일 수가 없었다.

"우리가 당신들에게 가져다 바친 돈이 얼마인데 이제 와서 발을 빼겠다는 겁니까?"

"어떤 사람이든 하나쯤은 사정이 있는 법입니다. 이 세상에 사연 하나 없는 사람이 있을까요?"

"그렇다고 해서 계약 위반이 정당화될 수는 없습니다."

독고성문은 그녀에게 지급한 돈을 다시 회수하고 계약을 철회할 것을 요구하였다.

"일이 그렇게 돌아간다면 우리가 당신들에게 해줄 수 있는 일은 아무것도 없어요."

"그래요? 그럼 어쩔 수 없죠. 당신 뜻대로 계약을 해지하겠습니다."

"그게 순리지요."

"하지만 말입니다."

그녀는 독고성문에게 아들들의 사진을 내밀었다.

"계약이 파기되는 순간 우리와 당신은 적이 되는 겁니다."

"…그게 무슨 소리입니까?"

"적이 된다는 것이 무슨 뜻인지 모르시나요? 말 그대로 일본의 모 국회의원이나 미국 대부호의 아들들처럼 될 수도 있다는 것이지요."

독고성문은 애당초 대모와의 접촉으로 인해 얻는 것보다 실이 더 많을 것이라고 예상하긴 했다. 하지만 이렇게까지 대놓고 협박을 해올 줄은 상상하지 못했다.

"내 아들들도 무인입니다. 아마 그렇게까지 쉽게 당하지는 않을 겁니다."

"그래요, 아들들은 무인이죠. 하지만 그 아들들도 무인일까요?"

"……!"

"우리는 모든 사람을 평등하게 바라봅니다. 그게 어린아이든 어른이든 노인이든 말이죠."

독고성문은 이제 돌이 막 지난 손자와 100일이 된 손녀를 두고 있었다.

그 둘은 독고성문이 목숨을 바쳐서라도 지키고 싶은 소중한 보석이었다.

"…오늘 이곳에서 살아 돌아가기 싫으신 겁니까?"

"후후, 할 수 있다면 해보세요."

"비록 비천한 목숨이나마 내 자손들을 위해 바칠 준비가 되어 있습니다. 그 아이들의 할아비를 잘못 건드리면 상상하기 싫은 일을 겪게 될 겁니다."

"각오가 꽤나 결연하군요."

"당신이 그렇게 만들었잖습니까."

대모는 미소를 머금은 채 말했다.

"적이 되지 않으려면 친구가 되면 됩니다. 우리가 당분간 몸을 추스르고 목표를 완성할 때까지 당신들께서 좀 나서주세요. 그 이후엔 당신들이 하지 말라고 해도 명화방을 쓸어버릴 겁니다."

"……?"

"우리는 당신들이 생각하는 것보다 훨씬 더 큰 그림을 그리고 있습니다. 그러니 돈 몇 푼 가지고 쪼잔하게 구는 일은 없었으면 좋겠네요."

독고성문의 입장에서는 이들에게 퍼주는 돈이 아까운 것이 아니라 신무림맹의 지도부에게 내세울 명분이 없어지는 것이 무서웠다.

하지만 지금 천하마술단의 대모를 적으로 만든다면 그 모든 사람이 무사하지 못할 것이 뻔했다.

지금 독고성문이 택할 수 있는 길은 하나였다.

"좋습니다. 우리가 뭘 어떻게 하면 되겠습니까?"

"후후, 이제야 말이 좀 통하는군요."

그녀는 명화방 휘하에 있는 기업들의 명단을 보여주며 말했다.

"정신이 없도록 혼을 좀 빼주세요."

"혼을 빼놓으라니……"

"어렵지 않아요. 그냥 그들의 발목만 잡아둘 수 있으면 됩니다."

"흠……."

그녀는 독고성문에게 족쇄를 하나 건넸다.

"이걸 사용하세요."

"족쇄?"

"천검진을 이곳에 가둘 수 있다면 명화방은 후위무림맹의 상대가 되지 않을 겁니다."

"그건 그렇지만 놈이 순순히 족쇄를 차겠습니까?"

"족쇄를 차게끔 만드세요."

"……."

"난 당신이 충분히 해낼 수 있다고 봅니다."

독고성문은 그녀의 제안을 받아들이기로 했다.

"알겠습니다. 원하는 대로 해드리지요."

"고맙습니다. 그럼 우리는 이만……."

그는 대모가 집무실을 나서자 깊은 고민에 빠져들었다.

'제기랄, 언제까지 이렇게 끌려다닐 수는 없는 노릇인데…….'

애초에 천하마술단과 손을 잡은 것이 잘못이었으나, 그들에겐 천검진이라는 존재 자체가 너무 큰 부담으로 다가오고 있었다.

하지만 저들의 잠재력이라면 반드시 그를 제거할 수 있을 것이라고 믿어보는 독고성문이다.

그는 굳게 마음을 다졌다.

"밖에 누구 있는가?"

"예, 회장님. 부르셨습니까?"

"지금 당장 사장단 긴급회의 소집하고 맹 내의 후기지수를 전부 소집시키게."

"당장 말입니까?"

"최대한 빨리."

"예, 알겠습니다."

이것이 과연 옳은 선택일까 싶은 독고성문이지만 유혈 사태 보다는 나은 선택이 될 것이라고 굳게 믿어본다.

*   *   *

천하마술단 사할린 본부가 파괴되어 그들의 본거지가 점점 없어져 갈 무렵, 카퍼데일은 천월령의 흔적을 쫓고 있었다. 만약 그녀가 악의 시종들을 만든 장본인이라면 언제고 다시 비슷한 방법으로 되살아 날 수도 있다고 생각한 것이다.

카퍼데일은 그녀의 기록을 가장 처음으로 소장하고 있었던 천가의 서고를 찾았다.

명화방은 천가의 서고에 그동안의 기록을 전부 보관하고 있었는데, 대부분의 야사까지 보관되어 있었다.

카퍼데일은 창암사에서 가지고 온 자료와 천가의 기록을 대조하여 그녀의 정체에 대해서 조금씩 알아가기로 했다.

우선 카퍼데일은 그녀에 대한 아주 객관적인 기록들을 먼저 찾아보았다.

최근 500년간 천가의 후손들에 대해서 기록한 서적과 족보에는 그녀의 이름이 빠져 있었다. 하지만 공식적인 기록 이외의 야사에는 그녀의 이름이 심심치 않게 등장했다.

그녀는 절세가인으로 불리면서 명화방의 모든 종파 후기지수들로부터 청혼을 받았지만, 그것을 전부 다 거절하고 오로지 한 사람만 바라보며 서른이 다 되어갈 때까지 시집을 가지 않았다.

그러다가 31살이 되던 해 하북의 팽절학과 결혼하였는데, 그 결혼 생활이 평탄치 않은 것으로 기록되어 있었다.

한데 이것은 그녀의 시신이 머물고 있던 창암사의 기록과는 다소 상이한 점이 있었다.

창암사에선 그녀가 겨우 스물에 요절했다고 기록해 두었으나, 야사에선 그녀가 죽었다는 기록이 없었다.

또한 시집을 간 시점이 서른을 넘긴 때며 팽절학과는 금슬이 상당히 좋은 것으로 나와 있었다.

카퍼데일은 천가의 서고에서 지금까지 그녀의 이름을 발견할 수 없던 것은 바로 이름이 달랐기 때문이라는 사실을 깨달았다.

사실 그녀의 원래 이름은 천희였으며, 팽절학과 결혼하면서 천가와의 인연을 끊고 이름까지 개명한 것이다.

더군다나 천희는 원래 자신이 살고 있던 시대의 기록보다 대략 10년쯤 후대의 사람인데, 그녀가 이름을 바꾼 것은 동명이인인 천월령의 신분을 그대로 사용하기 위함이었다.

그러니까 그녀는 천월령으로 이름을 바꾸면서 자신의 신분을 세탁하고 스물에 요절한 여자로 둔갑하고 있었던 것이다.

한마디로 애초에 그녀는 스물에 요절하여 절에 안장된 적도 없었던 것이다.

"도대체 그녀는 왜 이런 이상한 짓을 하고 다녔던 것일까? 설마하니 남편의 입신양명 때문에 스스로를 버린 것인가? 그것도 아니면 정말 집안에서의 불화 때문에 정보를 조작한 것인가?"

그는 아무리 생각해 봐도 그녀가 왜 그런 짓을 했는지 이해를 할 수 없었다.

또한 지금까지 그녀가 멀쩡히 살아서 죽은 자들을 대동하고 다니는 것도 분명 뭔가 이유가 있을 터였다.

카퍼데일은 이제 그녀의 기록보다는 남편 팽절학의 기록을 찾아다니는 데 주력하기로 했다.

그 남편을 찾아다니다 보면 분명 뭔가 특이한 기록이 나올 것이라고 확신한 것이다.

그는 중국 하북으로 향했다.

*　　　*　　　*

　중국 랑팡의 작은 선사에 검은색 세단 한 대가 달려와 멈춘다.

　끼익!

　부드럽게 차를 몰아 이곳까지 온 사람은 바로 카퍼데일이었다.

　그는 랑팡 외곽의 한적한 시골 마을에 있는 고무사를 찾아가 주지승 화명에게 만남을 청했다.

　화명은 양우와 동문수학하던 비구니로 지금은 고무사의 주지승이 되어 있었다.

　"나무 관세음보살."

　"반갑습니다, 스님."

　"그래, 이곳까진 어찌 오셨습니까? 양우가 자세한 얘기는 하지 않아서 말입니다."

　"사람을 좀 찾고 있습니다."

　"사람이요?"

　"산 사람은 아니고 죽은 사람입니다."

　"으음, 죽은 사람을 찾으려 이곳까지 왔다니, 아주 중요한 사람인 모양입니다."

　"저의 뿌리와 관련되어 있다고나 할까요?"

"그렇다면 정말 중요하겠군요. 뿌리를 찾는다는 것, 하늘이 점지해 준 인연을 따라간다는 말이니까요."

화명은 그에게 이름과 생년월일을 물었다.

"이름이 어떻게 되십니까?"

"이름은 팽절학, 생년월일은 자세히 알 수가 없습니다."

"팽절학이라… 한번 찾아보도록 하겠습니다. 하지만 이곳에는 주로 악인만 보관하고 있다는 것을 잊으시면 안 됩니다. 만약 그가 범죄자가 아니라면 이곳에 있을 확률이 거의 없어요."

"잘 알고 있습니다."

이곳 고무사는 하북의 흉악범들의 영혼을 갱생시키기 위해 지은 절로, 주로 참수를 당한 시신들이 안장되어 있었다.

그렇기 때문에 고무사의 주지승들은 대대로 아주 굳건하고 강인하여 그에 걸맞은 무공과 기질을 가지고 있었다.

주지승 이외에 인원이 딱 두 명뿐인 고무사는 장의사들도 에둘러 피해 다닌다는 곳이다.

그런 고무사의 주지승이 되었다는 것은 화명이 꽤 고강한 무공과 기백을 가지고 있다는 뜻이기도 했다.

마치 여장부와 같은 넉넉한 풍채와 맹렬한 눈매를 가진 그녀는 고무사의 기록을 뒤적거리다가 이내 한 권의 책을 꺼내어 카퍼데일에게 건넸다.

"여기 있군요. 1800년대 중반쯤에 죽어나간 사람이 한 명 있었습니다."

"그렇군요."

카퍼데일은 지금까지 천월령의 기록들을 뒤져보면서 무려 세 번에 걸쳐서 정보가 바뀌었다는 것을 알 수 있었다.

그렇기 때문에 더 이상 천월령의 기록은 믿을 수가 없고, 정도무림맹의 일원이라고 외쳤을 남편을 찾아온 것이다.

하지만 의외로 그가 하북의 범죄자 묘지를 찾아온 것은 그녀가 부리는 사술의 일부가 하북의 팽가에서 온 것이기 때문이다.

아마도 그녀가 악의 시종들을 만들어낸 것은 모두 팽가의 강령술과 관련이 있을 터였다.

그는 화명이 건넨 서책 안의 내용을 살펴보았다.

─팽절학: 이립이 5년 지난 해에 참수되었음.

 죄명: 연쇄살인 및 시신 훼손, 풍기 문란.

카퍼데일은 고개를 갸웃거렸다.

"시신 훼손과 풍기 문란이라……."

"그에 대한 자료에 따르면 시신으로 뭔가 요상한 짓을 하고 다녔다고 하더군요."

"이를테면……."

"믿기는 힘듭니다만 강시를 만들어서 데리고 다녔다고도 하고 시신을 되살려냈다고도 합니다."

카퍼데일은 그녀의 사술이 남편에게서부터 비롯된 것임을 확신했다.

"지금 그의 시신은 어디에 있습니까?"

"없어졌어요."

"없어져요?"

"누군가 도굴을 해갔습니다. 한 5년쯤 되었나? 황당하게도 누군가 이곳의 시신을 전부 도굴해 갔지요."

"범인은 잡지 못하셨고요?"

"못 잡았습니다. 놈들은 생각보다 치밀했습니다. 내부 인테리어 공사를 진행하던 도중에 혼란을 틈타 도굴했지요. 당시 50구의 시신이 사라지는 데 걸린 시간은 불과 20분에 불과했습니다."

"일반적인 상식으론 도저히 불가능한 일이군요."

"그때 이곳에 들어온 공사 차량을 전부 다 검문검색 해보았습니다만 혐의점을 찾을 수 없었습니다. 그렇다고 외부의 다른 차량은 들어온 적도 없고요."

"귀신이 곡할 노릇이군요."

"그래요, 황당했죠."

"흐음."

"만약 팽절학에 대한 자료를 더 얻고 싶다면 이곳이 아니라 천주교 성당으로 한번 가보세요."

"천주교요?"

"갑작스럽긴 하지만 그곳에서 더 많은 정보를 얻으실 수 있을 겁니다. 그는 한동안 천주교 신자로서 활동하며 신부의 수행원으로까지 활약했으니까요."

"개연성이 전혀 없다고 느껴질 정도로 종잡을 수 없는 인물이군요."

"그래서 그런 말도 안 되는 범죄를 저지르고 다닌 것이겠지요. 아무튼 제가 주소를 알려드릴 테니 한번 찾아가 보세요."

"예, 알겠습니다."

카퍼데일은 그녀에게서 받은 주소를 찾아 칭타오 시로 향했다.

*　　　　*　　　　*

중국 칭타오 시의 한 아담한 성당으로 카퍼데일이 찾아왔다.

딩동, 딩동, 딩동!

미사의 시작을 알리는 종이 울려 퍼지는 가운데 카퍼데일은 성당 서고를 관리하고 있는 사서 수녀에게로 향했다.

"화명 스님의 소개로 오셨나요?"

"예, 그렇습니다."

"일단 안으로 들어오시죠."

수녀 마리아는 카퍼데일을 서고 안쪽으로 들였다.

그녀는 미리 준비해 둔 자료를 그에게 건네며 열람할 수 있는 시간에 대해 설명했다.

"안드레 형제님의 자료는 열람 시간이 따로 정해져 있습니다. 또한 정부의 관계자나 조사관이 아니면 열람이 불가능하지요. 오늘은 예외로 화명 스님의 손님께서 오셨으니 특별히 허락하는 겁니다."

"감사합니다."

"열람 시간은 네 시간, 시간 맞춰서 편안히 열람하시기 바랍니다."

"고맙습니다."

카퍼데일은 대략 두 장으로 된 자료를 집중해서 읽어나가기 시작했다.

첫 번째 장을 펼치자마자 보인 것은 그의 사진이었다.

"꽤나 미남이었군. 지금 보아도 상당한 미남이야."

팽절학은 누가 보아도 미남이었는데, 시대를 불문하고 모든 기준을 뛰어넘는 꽃다운 미모를 자랑하는 것이 특징이었다.

천월령과 팽절학이 서로 열렬히 사랑해서 결혼했다는 것은 상당히 신빙성이 있어 보였다.

선남선녀가 뜨겁게 사랑을 했으니 집안과 집안의 관계까지 접어두고 결혼을 할 수 있었던 것이다.

이윽고 그는 팽절학의 일대기에 대해 담긴 짧은 글을 읽어 보았다.

팽절학은 하북에서 태어나 죽을 때까지 하북에 있었으나, 그의 아내는 그렇지 못했다.

천월령은 세 번이나 이어진 신분 세탁으로 인하여 국적이 두 번 바뀌었고, 이름 역시 필수 불가결하게 바뀔 수밖에 없었다.

당시에는 영국의 식민지로서 중국 내의 서양으로 불리던 홍콩으로 귀화 신청을 하고 그것을 번복하여 다시 일본으로, 그다음에는 다시 중국으로 돌아온 천월령이었다.

그녀가 반복해서 국적을 바꾼 것은 수많은 암살 시도 때문이었는데, 하북 팽가의 장손이던 팽절학의 아이를 임신한 그녀는 공공의 적으로 간주되었다.

아무리 팽절학이 간곡하게 애원해도 집안과 후위무림맹에선 그녀와 아이를 인정하지 않았던 것이다.

그로 인하여 천월령은 세 번이나 국적을 바꾸었으나 결국엔 아이를 유산했고 팽절학은 그릇된 길을 걷게 되었다.

팽절학은 죽어서 태어난 아이를 되살리기 위하여 집안의 비기인 강령술에 손을 대기 시작했고, 실험이 실패로 돌아가자 사람들을 잡아다 죽이고 살리는 실험을 몇 번이고 반복했다.

그 와중에 그는 성당에서 세례를 받고 열렬한 신도로 활동하면서 결국 신부의 수행원까지 올라갔다.

신부의 수행원으로서 신뢰를 얻은 그는 교인들을 납치하여 살인하고 그 시신을 되살리는 실험에 매달렸다.

천월령은 그를 도와 아이를 되살리고 자신들까지 영생을 얻는 이론을 구상했으나, 남편이 참수를 당함으로써 계획은 수포로 돌아갔다.

그 이후 천월령은 상하이의 감옥에 수감된 것으로 알려졌지만, 정확한 족적은 알 길이 없었다.

그리 긴 글은 아니었지만 팽절학의 행보는 안타깝고도 엽기적이라고 할 수 있었다.

"사람의 인생이 무엇인지 참으로 가여운 사람들이군."

그는 파일에 다시 자료를 끼워 넣고 상하이의 제3수용소로 향했다.

아마 그곳에서라면 천월령의 흔적을 찾을 수 있을 것이라고 생각한 것이다.

그와 함께 5년 전에 사라진 팽절학의 시신을 찾는 데 명화방을 투입시키기로 했다.

"날세, 총관."

—예, 방주님.

"지금 당장 하북으로 사람을 보내주게. 급하게 조사할 일이
좀 있어."

—잘 알겠습니다.

그는 홀로 상하이로 향했다.

5. 반쪽짜리 승리

천하마술단의 본거지 숙청 이후, 태하는 20명의 수뇌부를 데리고 그린란드로 향했다.

휘이이잉!

이제 슬슬 겨울을 향해 가는 그린란드의 사설 감옥에 당도한 태하는 죄수들을 수감시키고 그들의 손과 발을 묶은 다음 혈까지 점했다.

아마 그들은 이대로 서서히 죽어가면서 엄청난 공포를 느끼게 될 것이다.

태하는 이들을 제프에게 넘기기로 했다.

"놈들을 감시하다가 혹시나 마음을 바꿀 생각이 있는 놈들이 생기면 전화해 주게."

"예, 보스."

제프는 사설 감옥을 직접 감독하면서 저들을 지켜보다가 갱생의 여지가 보이면 태하에게 연락해 주는 역할을 하게 되었다.

그는 몹시 피곤해 보이는 태하에게 상품권을 몇 장 건넸다.

"핫산 회장님께서 보내셨습니다. 요즘 보스께서 어떻게 지내느냐기에 몹시 바쁘다고 했더니 이런 것을 보내셨더군요."

그가 보낸 것은 PK호텔의 백화점에서 무한정으로 물건을 살 수 있는 'VVIP 특별 상품권'이었다.

"핫산 이 친구도 참 별걸 다 보내주는군."

"그리고 요즘 애인이 생겼다는 말에 아주 놀라시면서 이것도 함께 보내셨습니다."

그는 태하에게 또 한 장의 봉투를 건넸는데, 그 겉면에는 '이탈리아 바르타스 가문'이라는 글귀가 적혀 있었다.

"바르타스?"

"미용의 메카라 불리는 곳이죠. 이탈리아 바르타스 가문의 수장이라 불리는 마르코 바르타스의 케어를 직접 받을 수 있는 초청장이랍니다. 그 뒷면에 있는 별첨 티켓은 디자이너 마리타 바르타스의 옷을 구매할 수 있는 티켓이라고 하더군요."

"으음, 그래?"

"이참에 이탈리아에서 좀 쉬다가 오시지요. 한 사나흘은 여유가 있을 겁니다."

태하는 자신을 따라온 안나를 바라보며 물었다.

"어때요? 이탈리아로 갔다가 러시아로 돌아가면 될 겁니다."

"좋군요. 안 그래도 휴식이 간절하던 참인데 그곳에서 며칠 쉬었다가 가요."

"그럽시다."

태하는 봉투를 건네받곤 그대로 핫산에게 전화를 걸었다.

―어이, 태하!

"오랜만이군. 잘 지냈나?"

―나야 항상 그렇지, 뭐. 자네는 어때?

"요 며칠 힘들었는데 이제 슬슬 여유가 생기려는 모양이야. 부하들이 휴식을 권고하는군."

―그럴 땐 부하들의 의견을 좀 따라줘.

"안 그래도 따라줄 생각이야. 그나저나 바르타스 가문의 초청장은 뭐야? 이건 아무리 돈을 준다고 해도 구할 수 있는 물건이 아닐 텐데."

―우리 가문이 바르타스 가문의 공식 스폰서야. 그들이 미용실을 차릴 때마다 우리 자본이 40% 정도 투입되지.

"아아, 그렇군."

—더 필요하면 말해. 얼마든지 줄 수 있으니.

"고맙군."

—그나저나 라일라가 이탈리아를 순순히 간다고 할지 모르겠군.

"라일라?"

—라일라가 이탈리아를 별로 안 좋아하잖아.

"그랬던가?"

—자네 애인이라면서 그런 것도 모르나?

태하는 고개를 갸웃거렸다.

"그게 무슨 소리야? 라일라가 애인이라니?"

—어, 어라? 자네와 라일라가 사귀는 것 아니었어?

"…무슨 소리인가? 나는 엄연히 애인이 따로 생겼어. 안나라는 아주 멋진 여자지."

—…….

"핫산?"

—내가 한참 잘못 짚었군. 나는 라일라가 자네를 좋아하는 것 같기에 이제야 짝사랑을 이루었구나 하고 생각했지.

"……?"

—아무튼 축하하네. 만약 기쁜 일이 생기거든 언제든지 말해줘. 결혼식은 내가 준비해 주겠네.

"고마워."

이윽고 전화를 끊은 태하의 얼굴에 복잡함의 그늘이 드리워졌다.

'그 친구, 하여간 별 쓸데없는 소리를 다 하는군.'

어쩌면 태하 역시 라일라가 좋은 여자라는 사실을 너무나도 잘 알고 있었는지도 모른다.

하지만 어찌 되었든 지금 그의 곁에는 안나가 있다.

"자, 그럼 갑시다."

"무슨 전화인데 그렇게 심각하게 받아요?"

"별것 아닙니다. 친구인데 그리 무거운 얘기를 한 것은 아니었습니다."

"그럼 다행이고요."

"그나저나 이탈리아 시칠리아에 지부가 있는 것으로 기억하는데, 괜찮겠어요?"

"그렇게 따지면 지부가 없는 곳도 있을까요?"

"하긴 그건 그렇군요."

그녀는 태하의 엉덩이를 손바닥으로 찰싹 때렸다.

짜악!

"으윽?"

"각오해요. 이탈리아의 종마처럼 몹시 괴롭게 만들어줄 테니까."

"후후, 바라던 바요."

두 사람은 꼭 붙어서 공항으로 향했다.

*　　　*　　　*

이탈리아 밀라노의 두오모 성당 광장 앞.

태하와 안나는 웅장한 대성당의 풍경을 둘러보며 잠시 밀라노의 정취에 빠져들었다.

"좋네요. 지금까지 이탈리아를 그렇게 많이 들락거렸지만 단 한 번도 두오모에 와본 적이 없어요."

"사람이 각박하게 살다 보면 그렇게 되더군요. 나도 이탈리아엔 꽤 많이 와봤지만 이런 광장을 돌아다닌 것은 처음입니다. 자유 여행을 다녀도 그건 잘 안 되더군요."

"자유 여행이요?"

"배낭 하나 메고 여행을 다닌 적이 있습니다. 짧았지만 저에겐 아주 강렬한 기억으로 남아 있지요."

"그래요? 누구랑 다녀왔는데요?"

순간 태하는 당혹스러운 기색을 감추지 못했다.

"으음, 그게……."

"여자랑 다녀왔구나? 그렇죠?"

"아, 아닙니다! 여자는 아니고 그냥 부하 직원과 멘탈 트레이닝 겸 다녀왔을 뿐입니다."

"아하, 그래요?"

"저, 정말입니다!"

그녀는 태하에게 싱그러운 미소를 지어 보였다.

"걱정 말아요. 난 그렇게까지 과거에 집착하는 여자가 아니니까요. 잘 알잖아요?"

"그건 그렇죠."

태하는 그녀가 싱그러운 미소를 지을 때마다 온몸이 따뜻해지고 알 수 없는 기운이 충만해져 오는 것을 느꼈다.

"험험, 그럼 일단 숙소부터 정할까요?"

"좋죠. 그나저나 숙소 얘기를 하면서 왜 헛기침을 해요? 무슨 상상을 하는 거죠?"

그녀는 검지로 태하의 옆구리를 쿡쿡 찌르며 농익은 미소를 흘렸다. 그러자 태하는 그녀의 허리춤에 손을 두르며 말했다.

"왜 헛기침을 하겠어요? 다 알면서 묻기는."

"이런 색골 아저씨 같으니."

"원래 색골이 잠자리에서도 뜨거운 법이죠."

"알아요. 내가 아주 잘 알죠."

얼마 전부터 뜨겁게 타오른 두 사람의 관계는 이제 자신들도 어쩔 수 없을 정도로 깊어져 가고 있었다.

이제는 눈만 마주쳐도 수컷과 암컷의 본능이 꿈틀거릴 정도로 활활 타오르는 그들에게 더 이상의 여행은 무의미했다.

"일단 숙소부터 찾읍시다. 도저히 안 되겠어요."

"…맞아요."

두 사람이 숙소를 찾아 떠나려는데 사람들의 비명이 들렸다.

"꺄아아아악!"

"…뭐야? 테러인가?!"

혹시나 하는 마음에 마력을 개방시켜 주변의 위험 요소부터 감지하는 안나이다.

스스스스!

그녀는 마력을 전개시켰다가 이내 고개를 가로저었다.

"이런, 위협이 아닌 모양이군요."

"그래요. 그게 아닙니다. 저곳을 한번 봐요."

태하가 손가락으로 가리킨 방향에는 어린아이가 날린 드론이 성당 지붕에 걸려 날갯짓을 하고 있었다.

휘이이이잉!

"도와주세요! 이러다간 성당 지붕이 훼손되겠어요!"

"리모컨으로 조종해 봐요!"

"안 돼요! 지금 센서가 고장 나서 드론이 말을 듣지 않아요!"

안 그래도 요즘 유럽에 일어나고 있는 IS의 테러 위협 때문에 민심이 흉흉한 판에 두오모 성당을 훼손하는 사건이 일어나게 되면 분명 골치가 아플 것이다.

태하는 두오모 성당 측면을 향해 달렸다.

파바밧!

"구해줍시다!"

"그래요!"

두 사람은 나란히 두오모 성당 벽을 타고 지붕으로 올라가 뾰족한 고딕 양식의 지붕에 걸린 드론을 찾아 나섰다.

휘이이잉!

지붕 위로 올라온 안나와 태하는 거세게 불어오는 바람 때문에 눈을 뜨기도 힘들었다.

"…돌풍이 부는군요."

"아무래도 이 돌풍 때문에 드론이 망가진 것이 아닐까 싶어요."

"그렇다면 조금 더 빨리 드론을 해치워야겠군요."

태하는 작전을 짜서 그녀에게 전달했다.

"내가 탄지공으로 저것을 격추시킬 테니 당신은 흡성대법으로 저것을 빨아 당겨줘요."

"알겠어요."

말을 맺자마자 곧장 손가락 끝에 진기를 집중시킨 태하는 탄지공을 쏘아냈다.

피융!

그러자 그녀가 곧바로 흡성대법을 시전하여 산산조각이 난 드론을 끌어당겼다.

슈가가가가각!

"잡았다!"

"다행이군요."

비록 드론이 부서지긴 했지만 두오모 성당이 훼손되는 일은 막을 수 있었다.

태하는 땅으로 내려와 울고불고 난리가 난 꼬마 소녀에게 다가갔다.

"으아앙! 난 이제 어떻게 해?!"

"꼬마야, 이게 네 드론이니?"

"어, 어라?! 지붕에서 드론이 내려왔네!"

"아저씨가 꺼내왔으니 이젠 울지 마."

"우와, 살았다! 아저씨, 고마워요!"

"뭐, 드론이 부서진 것은 유감이다. 상황이 긴박해서 어쩔 도리가 없었어."

"괜찮아요! 이제 다시는 드론을 날리지 않을 거거든요. 아빠 말대로 기계를 너무 믿지 말았어야 하는데!"

"하하, 그래. 가끔은 사람 말고는 믿을 수 있는 것이 없다는 생각이 들기도 하지."

꼬마가 태하에게 사탕을 하나 건넸다.

"선물이요."

"그래, 고맙구나."

태하가 사탕을 받아 들고 돌아서는데 아이의 부모가 달려와 고개를 숙였다.

"고맙습니다! 정말 선생님이 아니었다면 어떻게 되었을지 상상조차 되지 않는군요. 고맙습니다!"

"아닙니다. 그냥 할 일을 했을 뿐입니다."

"괜찮으시다면 오늘 저녁 식사를 초대하고 싶은데, 두 분이 함께 와주실 수 있습니까?"

"그렇게까지 할 일은 아닌데……."

"아닙니다. 두 분 덕분에 우리 아이가 평생 안고 갈 상처를 입지 않았으니 최소한의 성의는 표시해야지요. 그게 사람의 도리가 아닌가 싶습니다. 최소한의 성의라도 표시하게 해주십시오."

워낙 간곡하게 청하는 부부인지라 태하와 안나는 어쩔 수 없이 저녁 식사를 수락했다.

"초대해 주신다니 감사합니다. 그럼 와인은 저희가 준비하겠습니다. 그래도 괜찮죠?"

"손님이 그러시겠다면 당연히 그래야지요. 그럼 초대에 응

해주시는 것이지요?"

"물론이죠. 더 이상 성의를 거절하는 것도 예의가 아니니까요."

"고맙습니다! 하하, 오늘은 성대한 파티를 준비해야겠군요!"

그는 태하와 안나에게 명함을 한 장 건넸다.

[마리오 파블라토스]

"파블라토스?"

"제 명함입니다. 이따 저녁에 이곳으로 연락을 주시면 저희 운전사가 모시러 갈 겁니다. 부담 갖지 마시고 제 차를 이용해 주시면 감사하겠습니다."

"예, 알겠습니다."

"그럼 오늘 저녁에 뵙겠습니다."

마리오 파블라토스는 아주 정중하게 인사를 한 후에 아내와 딸을 데리고 두오모 성당 측면의 골목을 따라 사라졌다.

태하는 그의 명함을 가만히 바라보았다.

"파블라토스라……"

"아는 사람인가요?"

"아는 사람은 아니고 저 가문에 대해 들어본 적이 있습니다. 우리 집안 사업 때문에 이탈리아의 재벌가와 파트너십을 맺은 적이 있는데, 그때의 협력 업체 중 하나였지요."

"그렇다면……"

"아마도 회장이 바뀐 모양입니다. 파블라토스 그룹의 총수와 직접 협상을 벌인 적이 있는데 그는 상당히 연륜이 있었습니다. 대대로 파블라토스 가문의 총수들은 밀라노의 저택에서 생활한다고 하던데, 저 사람이 우리를 그곳으로 초대한 것을 보면 그가 새로운 회장이 되었다는 소리지요."

"그렇군요."

"파블라토스 가문이라… 오랜만에 들어보는 이름이긴 하네요."

잠시 생각에 잠겨 있던 태하에게 그녀가 말했다.

"아무튼 사건을 하나 해결했으니 방부터 좀 찾아볼까요?"

"후후, 좋지요!"

두 사람은 이번에도 찰거머리처럼 딱 달라붙어 길을 나섰다.

*   *   *

대낮부터 뜨겁게 몸을 섞은 태하와 안나는 침대에 누워 잠시 휴식을 취하고 있었다.

―…속보입니다. 이탈리아 동부에서 극단주의 이슬람 세력의 소행으로 보이는 테러가 일어났습니다. 당국은 이에 따른 조치로 동부로의 여행을 금지하고 밀라노와 로마 등 대도시

의 검문검색을 강화한다고 전했습니다.

호텔 방에 누워서 간식과 함께 TV를 시청하고 있던 두 사람은 이탈리아 동부에서 일어난 테러가 심상치 않다고 생각했다.

지금 일어난 테러는 폭발 때문에 사람이 죽어나간 것이 아니라 사람이 사람을 칼로 베어 난도질을 한 사건이기 때문이다.

다만 그 가담 인원이 20명이나 되는 데다 수법까지 잔악하기 짝이 없어서 이슬람 세력이 배후로 지목된 것이다.

더군다나 그들이 인육을 먹다가 경찰에 붙잡힌 점 등을 생각하면 이 사건이 보통의 일은 아니라는 생각이 들었다.

"저놈들, 악의 시종들일까요?"

"글쎄요. 일단 알아봐야 하겠지만, 그 비슷한 놈들이 아닐까요?"

"사람을 칼로 난도질하고 집단 인육 파티를 즐기다니… 분명 본부를 불태웠는데도 이런 일이 일어나다니 믿을 수가 없군요."

"제가 말했듯이 이놈들은 대모라는 여자를 죽이지 않는 한 끝까지 되살아날 놈들입니다. 이것은 시작에 불과해요."

아마 이곳에 악의 시종이 풀렸다는 사실이 확인되면 명화방에서도 사건을 조사하기 위해 명화 자객단을 파견할 것이다.

태하 역시 오늘의 저녁 식사 초대에만 참여한 후 이곳에서 조사를 벌일 생각이다.

"휴가를 와서 이런 소식을 접하게 되다니 유감이로군요."

"그래도 우리가 이곳에 있을 때 사건이 벌어져서 다행입니다. 만약 그게 아니었다면 어떻게 될 뻔했어요."

"뭐, 그건 그렇죠."

태하와 안나는 이곳에서 쇼핑을 즐기고 헤어 디자인을 하는 등의 일은 다음으로 미루기로 했다.

"일단 초대된 저녁 식사부터 참여한 후에 움직입시다."

"그래요."

그녀는 자리에서 일어서려는 태하의 엉덩이를 찰싹 때렸다.

짜악!

"…도발하는 겁니까?"

"한 번 더 안아주지 않고 돌아서다니, 자신감이 넘치는군요? 그러다가 내가 덮쳐서 안 놓아주면 어쩌려고 그래요?"

"후후, 그럼 좋지요!"

태하는 침대 위에 앉아 있는 그녀를 덮쳐 다시 눕혔다.

휘릭!

"어머나!"

"이 여자가 사람을 자꾸 도발하는군. 이 짐승을 자꾸 건드리면 어떻게 되는지 알아요?"

"후후, 어떻게 되는데요?"

"이제 곧 깨닫게 될 겁니다."

두 사람은 막간을 이용하여 다시 한 번 뜨겁게 젊음을 불살랐다.

*   *   *

깊은 저녁, 태하는 파블라토스 가문의 저택으로 향하고 있다.

스으으으으으.

이탈리아의 자동차 장인이 부품 하나까지 손수 제작한 이 고급 승용차는 시중에서는 돈을 주고도 구하지 못하는 물건이다.

강판과 골조가 모두 경량화 티타늄으로 되어 있고 차량 내부에 55개의 에어백과 비상용 에어볼이 준비되어 있어 미사일 공격을 받아도 생명을 건질 수 있다는 것이 가장 큰 특징이다.

그 밖에도 최고급 물소 가죽으로 만든 시트와 최신식 액체 주입식 소파 베드, 최고급 안마 시스템까지 갖추고 있었다.

태하는 파블라토스 가문이 오로지 0.1%의 최고만을 고집한다는 것을 익히 알고 있었지만, 이 정도로 노블레스를 지향

한다는 것은 오늘 처음 알았다.

"자동차에 술까지 직접 담그다니, 역시 파블라토스 가문은 뭔가 달라도 다르군요."

"그러게 말이에요."

잠시 후, 밀라노 외곽의 한적한 동네로 차가 들어섰다.

차가 들어선 동네 어귀에는 총을 든 경비 병력이 배치되어 있었는데, 운전기사가 홍채 인식 시스템을 통과하면서 각종 보안장치가 작동하였다.

삐빅, 삐빅.

방사선 촬영은 물론이고 금속 탐지기와 폭발물 탐지까지 공항보다 더 삼엄한 경계가 갖추어져 있었다.

"통과입니다. 즐거운 시간 되십시오."

이윽고 동네 안으로 차가 들어갔는데 놀랍게도 이 동네는 오로지 한 사람만의 소유물로 가득 채워져 있었다.

이 큰 동네 안에 있는 건물마다 파블라토스의 인장이 찍혀 있고 곳곳에 초대회장의 조각상이 놓여 있었다.

"서, 설마하니 이 큰 동네가 전부 파블라토스의 저택?"

"네, 맞습니다. 저도 처음엔 놀라움을 금치 못했습니다."

안나는 파블라토스 가문의 엄청난 재력에 그저 할 말을 잃고 말았다.

설마하니 한 가문이 이렇게 큰 동네 전체를 소유하고 있을 줄은 꿈에도 생각지 못한 것이다.

잠시 후, 어안이 벙벙해 있던 그녀가 채 정신을 차리기도 전에 운전기사가 두 사람을 대신해 문을 열어주었다.

"내리시지요. 도착했습니다."

"고맙습니다."

"별말씀을요."

푸른색 융단이 깔린 순백색 건물 앞에 도착한 태하와 안나는 융단을 밟고 조심스럽게 건물 안으로 들어갔다.

고대 아테네의 신전을 그대로 본떠놓은 듯한 내부는 웅장함과 정갈함으로 가득 차 있었다.

온통 백색 대리석으로 지어진 이곳의 사방에는 희귀한 미술품과 조각상이 줄을 지어 서 있었다.

그중에는 태하와 안나도 익히 잘 아는 물건도 심심치 않게 보였다.

"미술품을 구경하는 데만도 한나절은 걸리겠군요."

"선대 회장님의 취미가 수집이었다는 소리를 들었습니다. 하지만 이 정도일 줄은 몰랐네요."

이곳에 한 번 와본 태하이지만 여전히 그 막대한 부에 놀라움을 금치 못했다.

그러던 와중에 마리오 파블라토스 부부가 두 사람을 마중하러 나왔다.

"일찍 오셨군요. 이렇게 일찍 오실 줄 알았다면 조금 더 서둘러 준비하는 것인데 제 불찰입니다."

"아닙니다. 개인적인 사정이 있어서 어쩔 수 없이 시간을 앞당긴 것뿐입니다. 오히려 저희가 죄송할 따름이지요."

"그런 말씀이 어디에 있습니까? 일단 안으로 들어오시죠."

태하가 두 부부를 따라서 안쪽으로 들어가려는데, 오전에 본 꼬마 아이가 달려왔다.

"와아, 손님이다!"

"엔, 손님은 조용히 맞이해야지."

"헤헤, 알겠어요."

마치 소설 빨강 머리 앤의 주인공처럼 타오르는 듯한 붉은 머리를 가진 아이는 태하에게 정중하게 인사했다.

"어서 오세요. 파블라토스 가문에 오신 것을 환영합니다."

"하하, 고맙습니다."

말괄량이처럼 굴다가도 예의를 차리는 모습을 보면 중세시대 요조숙녀가 따로 없는 엔이다.

그녀는 태하와 안나의 손을 잡고 식당으로 향했다.

"이쪽으로 오세요. 제가 안내할게요."

"후후, 고마워요. 그나저나 아가씨는 몇 살?"

"여덟 살이요."

"으음, 그렇다면 이제 꼬마는 아니네?"

"그럼요! 엔은 이제 숙녀라고요!"

안나는 사랑스러운 눈빛으로 엔을 바라보며 말했다.

"숙녀는 드론을 함부로 날리지 않아요. 이제 더 이상 그러지 않을 거지?"

"물론이죠. 이제 그런 기계 따윈 믿지 않겠어요!"

"그건 기계의 잘못이기도 하지만 아가씨의 판단 미스야. 드론을 시가지에서 날리는 일은 문화 시민으로서 할 일이 아니라고요."

"그, 그런가요?"

"드론도 잘못을 했지만 아가씨의 잘못도 크니 더 이상 기계는 미워하지 말기. 알았지?"

"알겠어요!"

아이를 잘 타일러 더 이상 기계를 미워하지 않도록 하는 안나의 세심한 배려에 마리오의 아내 파올라가 양손을 겹쳐 왼쪽 뺨에 가져다 대며 감탄했다.

"어머, 안주인께서 아주 참하고 예쁘시네요! 아이는 몇이나 두셨나요?"

"하하, 저희 두 사람이 사랑하는 사이인 것은 맞지만 아직 결혼은 하지 않았습니다."

"어머나, 이런 결례가……!"

"아닙니다. 어차피 시간이 지나면 결혼할 텐데요."

"그래도 아가씨에게 그건 실례죠. 못 들은 것으로 해주세요."

"물론입니다."

마리오가 파올라와 나란히 걷고 있는 태하에게 말했다.

"그나저나 김태하 선생이라고 하셨나요?"

"예, 그렇습니다."

"외람된 말씀이지만, 혹시 우리 집안에 한 번 방문한 적이 있지 않으십니까?"

"선대 회장님과 일면식이 있긴 하지요."

"어쩐지⋯⋯."

"처음부터 말씀드리지 않은 것은 지금의 회장님을 제가 뵌 적이 없기 때문입니다. 뭐, 경황이 없던 것도 있고요."

"선생께서는 저를 본 적이 없지만 저는 선생을 뵌 적이 있습니다. 그 당시의 선생께선 대한그룹의 차기 회장으로서 총괄 이사를 맡고 계셨지요."

"맞습니다. 저를 보신 적이 있는 모양이군요."

"멀리서나마 뵌 적이 있지요. 하지만 저는 그때 아직 회장 후계자로 지목되기 전이라서 가까이 다가가지는 못했습니다."

"그렇다면 그때 못다 한 인연이 이렇게 이뤄지려고 그런 사고가 일어난 모양입니다."

"하하, 그러게 말입니다!"

전반적으로 화기애애하게 돌아가는 저녁 식사의 분위기에 태하와 마리오의 얼굴에 웃음꽃이 피었다.

"그럼 오늘 술 한잔하면서 천천히 얘기를 나누어볼까요?"

"그리 길게는 못 머물 것 같습니다. 저녁 시간 이후에 일정이 있거든요."

"흐음, 아쉽게 되었군요."

"하지만 몇 시간 정도 담소를 나눌 수는 있습니다. 저도 이대로 돌아가긴 아쉬우니 말입니다."

"잘되었군요. 식사가 끝나고 나면 체스나 한판 두면서 얘기하시죠."

"그러시지요."

태하는 이 집안 사람들의 분위기가 어째 플라워리 가문과 비슷하다고 생각했다.

'오래 장사를 한 가문은 분위기가 얼추 다 비슷한 모양이군.'

두 사람은 담소를 나누며 식당으로 향했다.

*　　　　*　　　　*

이탈리아의 최고급 요리로만 채워진 식탁이 거의 다 비워져 갈 무렵, 여자들은 여자들만의 디저트 식탁으로 나갔다.

마리오는 식탁 바로 옆에 있는 소파에 앉아 태하와 함께 체스를 두고 있다.

그는 소문난 체스 마니아인데, 실력 또한 좋아서 아마추어 선수로 활동할 정도였다.

하지만 그는 체스를 몇 번 두지 않은 태하와 각축을 벌이느라 진땀을 흘리고 있었다.

"대단하군요. 이런 묘수들이 도대체 어디서 쏟아져 나오는 겁니까?"

"어려서부터 아버지와 동양의 장기를 많이 두었습니다. 바둑도 조금은 둘 줄 알고요."

"아아, 그래서 수가 이렇게 날카로운 것이군요. 어쩐지 예사롭지 않다고 느끼긴 했습니다."

"별말씀을요."

태하와 체스를 두던 마리오가 머리를 뒤로 살짝 쓸어 넘기자 금발 안에 숨어 있던 적발이 밖으로 드러났다.

"적발?"

"아아, 보셨군요? 저희 집안사람은 모두 금발과 적발 두 가지의 머리색을 가지고 있습니다. 이중모라서 상당히 특이하다고들 얘기합니다."

"으음, 그렇군요."

외모의 어디에선가 동양적인 면모가 묻어나긴 했지만 얼굴의 선이 워낙 강해서 그렇게 보이는 것 같기도 했다.

계속되는 대국, 마리오가 태하에게 물었다.

"그나저나 우리 집안과 맺은 파트너십이 이미 깨져 있더군요. 전대 회장님께선 꽤나 대한그룹을 마음에 들어하셨는데 갑자기 파트너십이 깨진 이유가 궁금합니다."

"아마 대한그룹의 회장이 한 번 바뀌었기 때문일 겁니다. 지금은 감옥에 가고 없지만 전대 회장이신 김충평 회장이 대유럽 무역을 전면 개편했습니다. 그 과정에서 각 파트너십이 전부 다 와해되어 버렸고요."

"으음, 그런 일이 있었군요."

"안 그래도 그 얘기에 대해서 어떻게 꺼내나 싶었는데, 제 마음을 대변해 주셨습니다."

"하하, 별말씀을요. 만약 당대 회장님의 생각이 전대 회장님과 다르다면 다시 파트너십을 채결하고 싶습니다만."

"저희야 영광이지요. 때마침 비서실에서 끊어진 파트너십에 대한 사과를 하고 자초지종을 설명하고 다니는 중이니 곧 다시 유럽 12개 회사의 연맹이 결성되겠지요."

"그렇다면 빠른 시일 내에 일정을 조율해서 연합을 맺으시지요. 안 그래도 요즘 동북아시아 시장과 미국 시장 내 입지가 좁아져서 숨이 막히던 참입니다. 만약 회장님께서 도와주신다면 은혜를 잊지 않겠습니다."

"하하, 은혜라니요. 당치도 않습니다. 오히려 저희가 부탁드
려야 할 지경인 것을요."

두 사람은 뜨겁게 악수를 나누었다.

*   *   *

늦은 밤, 이제 슬슬 사건 현장으로 떠나야 하는 태하와 안
나이다.

"그럼 저희는 이만 가보겠습니다."

"조심히 가십시오. 조만간 다시 뵐 테니 그때까지 건강하십
시오."

"회장님 일가에도 평안만 가득하길 바랍니다."

엔은 돌아가는 태하와 안나에게 작은 상자를 하나씩 건넸
다.

"받으세요. 선물이에요."

"선물? 이런 것을 언제 준비했어?"

"아까 낮에 신세를 지고 난 후 기념품 상점을 찾아갔어요.
거기서 제 용돈을 주고 샀죠."

"어머나, 고마워라. 다음번엔 언니가 꼭 선물 준비할게."

"헤헤, 알겠어요."

화기애애함, 태하는 이런 분위기를 만들어준 안나에게 고마

움을 표시했다.

"당신 덕분에 파트너십까지 다시 맺고, 고마워요."

"제가 한 일이 뭐 있다고요? 그나저나 뜻하지 않게 일이 잘 풀려서 다행이에요."

"오늘 당신에게 고마움을 표시하고 싶지만 현장으로 먼저 가야 하니 어쩔 수가 없네요."

"후후, 걱정 말아요. 그런 시간은 얼마든지 가질 수 있으니."

태하는 그녀의 손을 꼭 잡고 이탈리아 동부 지역으로 향했다.

*　　　*　　　*

천월령의 실험실 내 수술방.

슈가가가각!

석션 기기로 시신에서 흘러나오는 혈액을 빨아들인 그녀는 과감히 세 구의 시신을 해부하기 시작했다.

"메스!"

"예, 아가씨."

그녀의 곁에 붙은 간호사들은 전부 천하마술단에서 파견된 인력으로 각 전장을 돌아다니면서 실전 경험을 쌓아 실력이 가히 최고라 할 수 있었다.

특히나 몇 번이고 가란델을 함께 만들어온 그녀들은 천월령에게 있어선 거의 수족과도 같은 존재였다.

수술용 메스로 잘라낼 부분을 표시한 그녀는 레이저 절단기로 아주 예리하게 시신들을 도려내기 시작한다.

지이이이이잉!

혈도와 신경이 다치지 않도록 조심스럽게 시신을 절단한 그녀는 마침내 세 구에서 떼어낸 조각을 이어붙이는 수술에 들어갔다.

초미세 접합기로 정밀하게 혈도와 신경을 이어붙인 그녀는 심장에 동그란 구슬을 집어넣고 봉합했다.

슥슥슥.

대략 다섯 시간쯤 걸린 수술 끝에 온몸이 실밥투성이인 가란델이 완성되었다.

그녀는 심장으로 가볍게 장을 때려 넣었다.

"흐업!"

쿠웅!

그러자 바닥에 누워 있던 가란델이 한차례 깊은 숨을 토해냈다.

"흐어어어어!"

"숨은 제대로 쉴 수 있게 된 모양이군."

"뇌의 프로그램 모듈을 설치할까요?"

"그렇게 해줘."

"제거 대상은 누구로 지정할까요?"

"김태하를 비롯한 명화방의 조직원과 배신자들. 그들을 죽이기 위해서라면 무슨 짓이든 하도록 설치해."

"예, 알겠습니다."

가란델의 뇌는 대략 1/3이 전자기기로 이뤄져 있는데, 이곳의 중앙 제어 장치에 천월령의 명령을 맹목적으로 따르게 하는 프로그램 모듈이 설치되었다.

그리고 그 프로그램이 설치됨에 따라 중앙 제어 장치의 오류가 발생하더라도 오로지 하나의 목표는 잊지 않게 된다.

그것은 바로 태하와 명화방의 멸문이었다.

수술을 끝낸 그녀는 이제 오로지 하나의 연구에만 매달릴 작정이다.

그녀는 보존 용액 속에 들어가 있는 냉동 인간 당영성을 바라보았다.

"후후. 조금만 기다려라. 이 몸에게도 곧 볕 들 날이 올 것이다."

잠시 후 그녀에게 비서가 다가왔다.

"아가씨, 대모님으로부터 전갈이 왔습니다."

"전갈?"

"이곳에 놓고 가겠습니다."

그녀는 비서가 나간 후 대모의 전갈을 펼쳐보았다.

이윽고 그녀는 전갈을 읽어보며 흥분을 감추지 못했다.

"드디어, 드디어……!"

천월령의 눈에서 눈물이 흐른다.

"나의 낭군님과 아이가……!"

그녀는 한껏 미소를 지었다.

6. 비뚤어진 모정

이탈리아 페스카라의 휴양 호텔 마르파소 앞.

지금 이곳에서는 이탈리아 경찰들과 군부가 경계 작전 및 조사를 벌이는 중이다.

태하는 안나와 함께 그곳으로 잠입해서 사건 현장을 직접 관찰하고 있었다.

귀영보를 이용하여 사건 현장 천장에 매달린 태하는 그녀를 등에 업고 천천히 주변을 둘러보았다.

사건 현장은 피와 살점, 내장으로 가득 차 있어서 일반인이 이곳으로 들어왔다간 십중팔구 기절초풍하고 말 것이다.

태하는 이 처참한 광경의 구석진 곳에서 뭔가 이질적인 기운이 퍼져 나가고 있음을 감지했다.

호텔 구석에 놓여 있는 작은 화분에 진법의 중심이 되는 진석과 비슷한 무언가가 설치되어 있는 것 같았다.

"진법? 이게 지금 진법 때문에 일어난 것인가?"

"진법은 잠시 자연의 왜곡 현상을 만드는 것 아닌가요? 그런데 어떻게 이런 살인이 일어나도록 유도할 수가 있다는 거죠?"

"그러게 말입니다. 일단 저것을 가지고 돌아가서 한번 연구해 봅시다. 그럼 뭐라도 나오겠죠."

"그래요. 그럼 그렇게 해요."

태하는 바닥에 놓여 있는 화분을 흡성대법으로 끌어당겨 그것을 잘 갈무리했다.

이제 두 사람이 슬슬 현장에서 빠져나가려는데 경찰 감식반이 들어와 형사들에게 놀라운 소식을 전했다.

"이번에 잡아들인 피의자들이 모두 사망했다고 합니다."

"사망?"

"뇌가 터졌다는데, 어제까지만 해도 멀쩡히 돌아다녔다고 하더군요."

"사람이 갑자기 뇌가 터져 죽을 수도 있습니까?"

"물론 불가능하죠. 하지만 놀라운 것은 피해자들이 다시 살아났다는 겁니다."

"…살아나요?"

"병원 사체 보관소에 보관하고 있던 시신들이 갑자기 없어졌답니다. 그런데 어처구니없게도 시청 옆에서 그들이 발견되었습니다."

"시신들이 걸어서 시청까지 갔단 말입니까?! 그게 말이 되는 소리인가요?"

"물론 말이 안 되지요. 나 참, 그 사건으로 인해 시청 직원 네 명이 공격을 받았다고 합니다."

"부상을 당했나요?"

"팔과 다리를 조금씩 물렸다는데, 지금은 깔끔하게 나았답니다."

"흐음……."

"도대체 이게 무슨 봉변인지 모르겠군요. 시칠리아에서 일어난 사건과 유사하다고 생각했지만, 아무래도 그게 아닌 것 같기도 합니다. 그때는 피해자들이 죽었다는 소리는 없었잖아요?"

"그러게 말입니다."

"사건이 점점 복잡해지는군요."

태하와 안나는 동시에 서로를 바라보았다.

[악의 시종!]

[확실합니다. 놈들은 악의 시종이에요. 아마도 의도된 공격일 가능성이 높습니다. 시청 직원들이 깨물리고도 깔끔하게 나왔다는 것을 보니 아무래도 그들이 보균자가 된 것 같아요. 언제 그들이 다시 살인을 벌일지 몰라요.]

두 사람은 공격을 받은 시청 직원의 뒤를 밟기로 했다.

*   *   *

이탈리아 페스카라 시청 앞.

태하와 안나는 부상자 명단을 찾기 위해 잠입을 시도했다.

태하는 공력으로 유리창을 연 후 그 안으로 빨려 들어가듯이 몸을 밀어 넣었다.

스으으으윽!

그는 안으로 들어가 귀영보를 밟아 경보장치를 모두 해제한 후 그녀를 안으로 들였다.

"이제 안전해요."

"고마워요."

"별말씀을."

쪽!

가볍게 입을 맞춘 두 사람은 부상자 명단을 찾아 시청 안을 뒤지기 시작했다.

시청 내 모든 방을 샅샅이 뒤진 태하는 총무부에서 부상자 명단을 찾아냈다.

"여기 있군요. 부상자는 총 15명입니다."

"이들의 주소만 알아내면 그들이 과연 무엇을 노리는지 알 수 있어요."

총무부의 책상에서 주소록을 얻은 두 사람이 바깥으로 나가려는데, 총무부 게시판에 적힌 글귀가 눈에 들어왔다.

[금일 회식이 있음. 테스카리 식당으로 19시까지 전원 집합 바람. 특이 사항: 시장님께서 직접 주도하신다고 함.]

"회식이라……."

"그렇다면 오늘 그곳에 사람이 꽤 많이 모이겠군요."

"어서 가봅시다. 무슨 일이 벌어질지 몰라요."

태하는 그녀를 업고 테스카리로 향했다.

파바바밧!

건물을 나와 지붕과 지붕을 뛰어넘어 달리던 태하는 시가지 중심가에 있는 테스카리의 간판을 발견했다.

"저기 간판이 보여요!"

"좋아, 거의 다 왔나 봐요!"

정통 이탈리안 요리를 전문으로 하는 테스카리는 대중적인 가격과 괜찮은 가성비로 인해 사람이 들끓는 맛집이었다.

태하는 오늘 피해자들이 또 다른 가해자로 돌변할까 싶은 마음에 급히 식당 안으로 들어섰다.

딸랑!

문을 열고 들어선 테스카리 안에는 수많은 인파가 자리를 잡고 저녁을 즐기고 있었다.

웨이터가 태하에게 다가왔다.

"몇 분이십니까?"

"두 명이요."

"2층에 자리가 있습니다. 그곳의 창가는 경관이 좋아서……."

"아아, 오늘 시청 직원들이 식사한다는데 그곳만 피해서 잡아주세요."

"으음, 시청 직원들이 2층에서 식사하고 있는데 어쩌죠?"

안나가 재빨리 고개를 끄덕였다.

"뭐, 별수 없죠. 그곳으로 주세요."

"대신 테라스를 이용할 수 있도록 해드리겠습니다."

"고마워요."

웨이터를 따라서 2층으로 올라간 태하와 안나는 피해자들의 회식 장소와 아주 가까운 곳에 자리를 잡았다.

때마침 그들이 테라스에서 잘 보이는 단체석에 앉아 있었기 때문에 만약 관찰을 한다면 이보다 더 좋은 조건은 없을 듯했다.

"그럼 주문 받겠습니다."

"저는 스테이크. 레어로요."

"저도 같은 걸로 주세요."

"와인은……."

"아무거나 주시면 됩니다."

"예, 알겠습니다. 그럼 오늘의 하우스 와인으로 세팅해 드리겠습니다."

태하는 웨이터에게 팁을 두둑이 주면서 말했다.

"나에게 계산 달아놓고 저들에게 와인 한 병 주세요."

"예, 알겠습니다."

웨이터가 주문을 받고 떠난 지 얼마 지나지 않아 시청 직원들의 테이블에 와인이 전달되었다.

한데 와인을 받는 사람의 태도가 좀 이상했다.

"쿨럭쿨럭!"

"왜, 왜 그러십니까? 괜찮으세요?"

"…이런 씨발! 꺼져! 꺼지라고!"

순간 그녀의 눈이 까뒤집어지더니 코르크스크루로 자신의 목덜미를 마구 찌르기 시작했다.

푸욱, 푸욱!

"꺄아아아악!"

"크아아아아! 죽어! 죽으라고!"

난데없이 자신을 마구 난도질한 그녀는 자해에서 그치지 않고 바로 자신의 옆에 있던 사람의 목덜미를 찔렀다.

푸욱!

"이, 이런 미친?! 엘레나, 왜 이래요?!"

"…키헥, 끄이에에에엑!"

그녀의 공격에 노출된 시청 직원들이 재빨리 자리에서 일어났고, 태하와 안나는 이 사태를 가만히 두고 볼 수 없다고 생각했다.

"우리가 나설 차례군요."

"그래요. 지금입니다."

두 사람이 자리에서 일어서려는 바로 그때, 하늘에서 묵직한 쇠망치가 떨어져 내렸다.

부웅, 콰앙!

"뭐, 뭐야?!"

화경의 경지를 뛰어넘어 현경의 끝자락을 막 벗어난 태하의 내단에 강력한 충격에 전해지며 주변이 초토화되었다.

안나는 가까스로 정신을 차렸지만, 민간인들은 꽤 많이 죽은 것 같다.

"크하하하! 애송이들, 드디어 찾았다!"

"가, 가렌델?!"

"네놈, 이번에는 반드시 죽여주마!"

이번이 벌써 몇 번째 부활인지 태하는 놈이 지겨워지려는 참이다.

"저놈은 질리지도 않는 모양이군."

"그러게 말이에요."

태하는 자신의 내상 정도를 파악하곤 이번 싸움이 결코 만만치 않겠다고 생각했다.

'하단전에 3할의 공백이 생기다니, 아무리 기습이라곤 해도 엄청난 파괴력이다!'

그는 알지 못했지만 지금 가란델은 원래 고수들이 가지고 있던 혈맥을 가지고 당영성의 혈도를 구현해 낸 상태였다.

일전에 짜깁기되어 있던 가란델의 몸에서 50의 대미지를 낼 수 있었다면 지금은 150에 달하는 파괴력을 갖게 된 것이다.

이번에는 망치를 주 무기로 사용하는 가란델은 몸집이 더 커졌지만 움직임은 훨씬 더 빨라졌다.

쒜에에에에엥!

한 발자국 발을 뗀 그의 도움닫기는 주변에 거친 바람을 일으킬 정도로 강렬했다.

"…제기랄!"

"죽어라!"

태하는 재빨리 검을 뽑아 들어 그의 공격을 막아냈다.

까앙!

하지만 팔을 타고 전해진 충격은 어깨와 허리를 타고 전해져 뇌를 울렸다.

"크허어억!"

"클클클, 막는 것만으로 사람이 그렇게 축축 처져서 어쩌자는 거야?! 너무 시시해서 하품이 나올 지경이군!"

"…진짜 괴물이 다 되었군."

가란델은 이번에는 공격 상대를 바꾸어 안나에게로 망치를 휘둘렀다.

부웅!

그녀는 옆으로 몸을 굴려 망치의 공격 범위에서 벗어난 후 재빨리 마법을 펼쳤다.

"리절렉션!"

우우우우웅!

노란빛이 가란델에게로 뿜어져 나가 언데드를 다시 시신의 상태로 되돌리려 했으나 그는 놀랍게도 마법을 튕겨냈다.

"크하하, 그런 장난은 이제 나에게 통하지 않는다!"

까앙!

"이, 이런……!"

"죽어라!"

퍼억!

그녀는 가란델의 망치에 맞아 저만치 날아가 버렸다.

"안나!"

태하는 재빨리 그녀에게 달려가 진맥을 해보았다.

두근.

"맥이 약해졌어!"

"…늑골이 부러진 것 같아요. 저놈, 아무리 봐도 뭔가 특별한 무언가를 장착했어요. 지금 이대로 저놈을 상대하는 것은 불가능해요."

"하지만 이곳에 있는 시민들이……."

"잘못해서 우리가 죽으면 모든 것이 끝이에요."

가란델의 목표는 태하와 그녀를 죽이는 것이지만 악의 시종들이 노리는 것이 과연 무엇인지 아직 알아내지 못한 태하이다.

그는 통탄을 금치 못하면서도 이곳에 더 이상 있으면 안 될 것 같다는 생각이 들었다.

"…다음번엔 절대로 지지 않을 것이다!"

"크하하! 이번에도 비겁하게 도망치는 것인가?!"

"작전상 후퇴다!"

태하가 그녀를 들쳐 업고 건물 밖으로 나서자, 가란델의 손에 죽은 사람들 중에서 몇몇이 악의 시종으로 변하여 일어섰다.

"…끼엑?"

"변했군."

하지만 놀랍게도 그들 중에 단 한 사람은 멀쩡한 상태로 일어섰다.

"……."

"어, 어라?"

"크흐흐, 일어섰군. 자, 가자!"

가란델은 다른 악의 시종들은 내버려 두고 멀쩡하게 정신을 차린 한 사람만을 데리고 멀리 사라졌다.

파바밧!

경공을 밟으며 사라져 가는 가란델의 옆구리에는 다름 아닌 시장이 끼어 있었다.

"시장?"

"처음부터 저놈들이 이 난리를 피운 것은 시장을 데리고 가기 위함이었던 모양입니다."

"하지만 이상하군요. 만약 납치하려는 것이었다면 굳이 죽였다가 되살릴 필요는 없을 텐데요."

"뭔가 꿍꿍이가 있겠죠."

일단 태하는 그녀를 부축해서 다시 명화방으로 돌아가기로 했다.

"갑시다."

"그래요."

이제 태하의 신형 역시 그녀와 함께 바람을 타고 사라져 갔다.

＊　　　＊　　　＊

이튿날, 태하는 한국으로 돌아와 놀라운 소식을 접했다.

이탈리아 동부에서 벌어진 사건으로 인한 2차 피해자가 이탈리아 중앙정부에서 생겼다는 것이다.

어제 새벽, 페스카라 시장과 술자리를 갖고 있던 이탈리아 부총리가 시장 경호원들에게 물려 치료를 받는 사태가 벌어졌다.

팔 상부의 살점이 무려 15㎝나 떨어져 나간 이번 피습은 경호원의 약물 오남용으로 인한 사건으로 마무리될 전망이다.

하지만 그것은 또 다른 사건의 시작이라는 사실을 잘 알고 있는 명화방과 태하이다.

"놈들은 과연 무엇을 노리는 걸까요?"

"수뇌부를 악의 시종으로 만들어서 자신들의 강력함을 선전하려는 걸까요?"

"만약 그랬다면 지금과 같은 고생할 필요 없이 애초에 악의 시종들로 시청을 점령했으면 쉬운 일이었습니다."

"흐음……."

사할린 중앙 지부를 모두 다 허물어 버린 지금 그들에게서 어떻게 저런 조직력이 나왔는지 의문이 드는 태하이다.

하지만 지금으로선 그가 할 수 있는 일이 아무것도 없었다.

꽤나 무거운 분위기가 흐르는 태하의 집무실에 명화방의 고수 두 명이 찾아왔다.

쾅!

"천검진 님, 큰일입니다!"

"무슨 일입니까?"

"지금 라이트플라워 아파트로 후위무림맹의 고수 150명이 침투했다고 합니다!"

"…뭐라고요?!"

"우리의 전력이 대외적으로 퍼져 있는 것을 알고 고수들을 파견한 모양입니다!"

"이런 빌어먹을 자식들 같으니!"

"어서 조치를 취해야 합니다!"

라이트플라워 아파트는 명화방의 심장부와 같은 곳으로, 그곳을 점령당하게 되면 지금까지 쌓아둔 명화방의 역사가 훼손될 수도 있었다.

태하는 고수들과 함께 미국으로 향할 차비를 꾸렸다.

"일단 미국에 있는 조직원들과 고수들을 모두 동원해서 라이트플라워 아파트를 수복하는 데 전력을 다하도록 하십시오!"

"예!"

"제길, 하필이면 이럴 때 뒤통수를 치다니!"

그는 측근들과 함께 곧장 미국 브루클린으로 향했다.

브루클린 라이트플라워 아파트 앞.

"이런 도적놈들 같으니! 어서 비키지 못하겠나?!"

"후후, 뚫어볼 수 있으면 뚫어보시지!"

후위무림맹의 후기지수 네 명이 단단히 지키고 있는 라이트플라워 아파트 입구를 뚫기 위해 무려 50명이 넘는 고수가 동원되었다.

고수들의 무공이 무색하게도 그들은 열 명의 사상자를 만들어내고도 여전히 멀쩡한 몰골로 그곳을 지키고 있었다.

태하가 없는 상황에서 이런 일이 벌어졌다는 것에 명화방은 탄식을 흘릴 수밖에 없었다.

"제길, 저 안에는 지금 사모님과 손녀들이 있을 텐데!"

"도대체 어쩌다가 저런 일이 벌어진 거지?!"

"독고성문이 여덟 명의 회장을 데리고 일제히 기습을 감행했다고 합니다!"

"…큰일이군. 이러다가 우리가 놈들에게 밀리는 상황이 벌어지겠어!"

잠시 후, 태하와 명화방의 수뇌부가 현장에 도착했다.

"어떻게 된 겁니까?!"

"천검진 님!"

"안에 누가 있다고요?!"

"사모님과 도련님, 아가씨들이 있습니다!"

태하는 입구를 막은 후기지수들에게 말했다.

"…멀쩡하게 죽고 싶다면 지금 비키는 것이 좋을 것이다."

"흥! 이교도와는 협상하지 않는다! 그것이 바로 우리 후위 무림맹의 긍지다!"

"긍지 같은 소리! 너희들은 어차피 죽는다! 그곳에 있다가 나와 일전을 치르면 절대로 목숨을 부지하기 힘들 것이다! 그런데도 농성을 벌이다니, 도대체 이유가 뭐야?!"

잠시 후 독고성문이 창문으로 머리를 내밀었다.

"천검진, 드디어 오셨군!"

"독고성문, 후위무림맹의 맹주라는 사람이 이래도 되는 건가?!"

"처음 보는 사람에게 말을 트는 것은 결례 아닌가?"

"……."

"아아, 우리 맹의 젊은 사람들을 흠씬 두들겨 패 준 적이 있어서 얼굴을 알아봤지. 그러니 구면이라면 구면인가?"

"…닥쳐라! 죽고 싶다면 그냥 말로 하면 될 것을 왜 이렇게 난리를 피우는 것인가?"

"원하는 것이 있다면 당연히 목숨을 걸어야지."

"뭐라?"

그는 명화방의 후계자라고 할 수 있는 카퍼데일의 자손들을 창가로 데리고 왔다.

이제 막 다섯 살이 된 아이부터 스무 살이 된 아가씨까지 무려 15명이나 되는 자손이 끌려가 있다.

"아, 아저씨……."

"…미나?!"

"그냥 죽이시지요! 명화방의 남자로서 수치입니다!"

"미카엘, 그냥 가만히 있어! 이 아저씨가 다 알아서 할 거다!"

"하, 하지만……."

독고성문은 차기 방주로 거론되는 열네 살의 소년 미카엘의 머리를 쓰다듬으며 말했다.

"물건이군. 이런 독종이 방주로 들어앉아야 후위가 든든할 것이다. 안 그런가?"

"개자식!"

그는 태하에게 제안을 하나 했다.

"협상을 하지."

"협상?"

"네놈이 이곳까지 굴러와 스스로 족쇄를 찬다면 열여섯 명 모두 다 풀어주겠다. 어떤가?"

"인질 교환인가?"

"그렇다."

태하는 더 이상 고민할 것도 없이 그의 제안을 받아들였다.

"좋아, 내가 간다."

"처, 천검진 님!"

"사제, 지금 자네가 없어지면 우리 방은 엄청난 손실을 입게 될 걸세!"

"부방주님과 사형들이 계시니 그리 큰 타격은 입지 않을 겁니다. 다만 방주님께서 지금 조사 중에 있으니 그때까지만 버티면 됩니다."

"…저놈들의 요구를 들어주면 끝도 없어! 라이트플라워 아파트를 저놈들이 점거하고 있는 한 조건은 끝도 없이 들이댈 거야!"

"하지만 어쩔 수 없습니다. 마이클을 잃으면 우리 방도 흔들리게 됩니다. 사형들도 그걸 잘 알고 계시지 않습니까?"

"그렇긴 하지만……."

태하의 사형들은 천하마술단의 배후를 캐고 다니느라 전

세계에 퍼져 있었는데, 그중에서도 부방주 사무엘 가드너는 가장 바쁜 나날을 보내고 있었다.

원래대로라면 사무엘이 라이트플라워 아파트를 지키고 있어야 했으나 사태가 워낙 심각한지라 어쩔 수 없이 대외적인 활동을 벌인 것이다.

명화방의 특성상 방주보다 부방주의 대외 활동이 더 많기 때문에 방주보다는 부방주의 발이 더 넓은 편이다. 그래서 사무엘이 각 나라를 돌아다니면서 정보를 모으고 배후를 캐고 다닌 것인데, 그것이 지금처럼 독이 되어 돌아올 줄은 꿈에도 몰랐다.

"내 잘못이 크다. 본진을 비우는 것이 아닌데."

"지금은 자책할 때가 아닙니다. 저를 보내고 난 후의 일을 논의하셔야 합니다. 어떻게든 방주님이 오실 때까지 시간을 벌어야지요."

"후우, 알겠네."

태하는 이제 모든 것을 사형들에게 맡기고 스스로 인질이 되기로 했다.

"내가 간다!"

그는 재빨리 보법을 밟아 창가까지 단숨에 도약했고, 독고 성문이 그를 반갑게 맞이했다.

"하하, 어서 오라고!"

"······닥치고, 인질들을 모두 풀어줘라."

"그래, 알겠다."

태하가 이곳까지 온 이상, 아파트 내부에서 전투를 벌였다간 후위무림맹의 고수들이 전멸할 수도 있었다.

독고성문은 아파트 창문으로 구조용 에어 슬라이드를 내려 인질을 한 명씩 내려보내 주었다.

가장 첫 번째로 나간 사람은 갓난아이를 안은 미나였다.

그녀는 사촌 동생 로이를 품에 꼭 안고서 슬라이드 위로 올라섰다.

"아저씨······."

"난 걱정 말아. 이 아저씨는 절대 죽지 않거든."

"알겠어요."

그녀를 필두로 어린 순서대로 카퍼데일의 자손들이 슬라이드를 타고 내려갔다.

쉬이이익!

사무엘은 그들이 내려오는 족족 고수들의 곁으로 보내어 보호했다.

"잘 지키게."

"예, 부방주님!"

여자들이 모두 다 내려오고 난 후엔 가문의 삼남, 차남이 슬라이드를 타고 내려왔다.

그들은 내려가는 도중에도 복수를 다짐하며 이를 갈았다.

"…이 수모는 반드시 갚아주겠다!"

"어린것들이 전부 성질이 더럽군. 역시 사파의 핏줄은 뭔가 달라도 다르군."

마지막으로 남은 장남 미카엘은 내려가지 않겠다며 버텼다.

"아저씨, 저는 내려가지 않겠습니다."

"안 된다. 그건 내가 허락할 수가 없어."

"그렇지만 제가 내려가면 저놈들이 우리 집안의 남자들은 전부 겁쟁이라고 손가락질할 겁니다."

"걱정하지 마. 그런 일이 일어나면 그 손가락을 내가 다 부러뜨려 줄 테니."

"그래도……"

"어서 내려가라."

미카엘의 등을 떠밀어 창가로 데리고 간 태하에게 독고성문이 말했다.

"으음, 안 돼. 넌 이쪽으로 와야지. 함께 빠져나가면 나더러 어쩌라고?"

"내가 네놈과 같이 옹졸한 사람으로 보이나?"

"…뭐라?"

"미카엘, 너는 용기 있는 남자다. 남자는 결코 누군가의 눈치를 보아선 안 된다. 남들이 어떻게 생각하던 집안을 위해 자신을 아낄 줄도 알아야 한다."

"그래도 저는 겁쟁이가 되기 싫어요!"

"겁쟁이가 되어보는 것도 남자의 도리다. 언제까지 자신이 하고 싶은 대로만 하고 살 수는 없는 거야. 그게 남자다."

태하는 미카엘의 등을 떠밀었다.

"어서 가라. 얼마나 용기 있게 돌아서 가는지 내가 한번 보겠다."

"알겠습니다."

평소 태하를 존경한다며 그를 잘 따르던 미카엘은 어쩔 수 없이 에어 슬라이드를 타고 내려가 사무엘의 손에 안착했다.

쉬이이익!

"잘했다."

"…아저씨는 괜찮겠지요?"

"걱정하지 마라."

그들은 태하를 올려보았고, 태하는 미소를 지어 보였다.

이제 그는 당분간 미소 지을 일이 없는 사람이 되었다.

"자, 이제 나를 어떻게 할 것이라고?"

"약속대로 족쇄를 차라. 그렇지 않으면 이 아파트에 무슨 짓을 할지 몰라."

태하는 고개를 끄덕였다.

"그래, 약속을 했으니 지켜야지."

그가 족쇄를 차는 순간, 온몸에 찌릿찌릿한 전기가 통했다.

빠지지지직!

"으허어억!"

"오, 오오! 이게 뭐야? 무슨 물건이 이렇지?"

독고성문은 그녀가 무슨 물건을 준 것인지 제대로 이해를 하지 못하고 있었는데, 이것은 무공을 사용하는 사람의 신경을 모두 차단시켜 혈맥을 막아버리는 역할을 한다.

한마디로 지금 태하는 무공을 할 수 없는 상태가 되어 꼼짝없이 인질로 전락하고 만 것이다.

"후후, 이런 횡재가 다 있나!"

"빌어먹을."

후위무림맹의 고수들은 태하를 케이지 안에 넣고 아파트에서 철수하기로 했다.

"중국으로 간다!"

"예!"

잠시 후, 헬리콥터가 한 대 도착하여 태하를 넣은 케이지를 회수하였고, 독고성문은 그곳에 함께 탑승하였다.

"가자!"

"예!"

헬리콥터가 출발하자마자 후위무림맹의 고수들이 썰물 빠지듯이 사라졌다.

뒤늦게 그들을 쫓아온 명화방의 고수들은 그저 탄식에 가득 찬 한숨을 내쉴 수밖에 없었다.

"이런 빌어먹을!"

"이젠 어떻게 합니까?! 천검진을 빼앗겼으니……."

"일단 방주님께서 오실 때까지 기다리는 수밖에 없다. 명화자객단주!"

"예!"

"지금 당장 추격대를 구성하여 천검진을 쫓는다!"

"명을 받듭니다!"

사무엘의 주름진 얼굴에 그늘이 드리워졌다.

"구순의 나이에 이게 무슨 날벼락이란 말인가?"

"죄송합니다. 모두 저희들의 불찰입니다."

고개를 숙인 사제들의 속죄에 사무엘은 고개를 가로저었다.

"아닐세. 내가 방심한 탓이야. 천하마술단에만 신경 쓰느라 저놈들을 생각하지 못했어."

"부방주님……."

그는 깊은 한숨을 내쉬었다.

"후우, 일이 커져 버렸어. 어서 대책을 세우는 수밖에."

사무엘은 한국에 있을 우태에게 전화를 걸어 사태를 논의하기로 했다.

*　　　*　　　*

대한그룹 본사 회의실 안.

쾅!

"회장님이 실종될 때까지 명화방은 도대체 뭘 했답니까?!"

"그들도 최선을 다한 겁니다. 명화방을 비난할 수는 없어요."

"…제기랄!"

제노니스의 수뇌부는 태하의 실종을 가장 먼저 처리해야 한다고 나섰다.

"우리가 회장님을 찾아 나섭시다."

"안 됩니다. 모두 다 움직이면 회사가 위험해요."

"그럼 어쩝니까?"

우태는 감녕을 비롯한 태하의 파옥 동기들을 추격대로 구성할 것을 제안했다.

"감녕 아저씨와 우리 정보팀원들이 회장님을 추격합니다. 그동안 저를 비롯한 모든 조직원은 이곳에서 회사를 지키는 겁니다."

"하지만 그랬다가 회장님께서 어떻게 되시는 날엔……."

"그럴 일 없습니다. 회장님은 천하무적입니다. 절대로 잘

못될 일은 없어요. 그건 여러분이 가장 잘 알고 있지 않습니까?"

"그건 그렇지만……."

"초인은 초인답게 우리를 실망시키지 않을 겁니다. 그러니 회장님을 한번 믿어봅시다."

"후우, 그래요. 그럽시다."

감녕과 정보팀은 추적에 필요한 장비를 가지고 곧장 중국으로 향했다.

7. 도움은 바람을 타고

DMS그룹 산하 칭타오 산업 본사 지하실 안.

짜악!

"크허억!"

"후후, 역시 천검진이라도 별수 없군! 무공을 사용하지 못하니 그냥 지나가던 나부랭이보다 못하잖아?"

"…그래도 네놈들과 싸워서 이길 수 있는 힘은 아직 남았다. 덤빌 테냐?"

"미친놈, 아직도 입이 살아 있군."

후위무림맹의 고문 기술자들이 태하를 채찍으로 마구 후려

쳤다.

짜악, 짜악!

"크윽!"

"채찍은 맞으면 맞을수록 아픈 고문 도구이다. 살점이 떨어
져 나가면 그 위로 다시 채찍질이 떨어지기 때문이지. 제아무
리 독한 놈이라도 하루 종일 맞다 보면 정신을 차릴 수밖에
없지."

"큭큭, 난 원래 정신이 나간 새끼라서 정신을 차릴 것도 없
다. 쳐라!"

"독종이군."

벌써 24시간째 채찍을 맞고 있는 태하였지만 그는 굴복하
는 모습을 전혀 보이지 않았다.

후위무림맹은 그에게 북해빙궁의 위치를 물었지만 태하는
결코 입을 열지 않았다.

독고성문이 이끄는 당문의 고문 기술자들은 더 이상 같은
방법으로 그를 고문하는 것은 의미가 없다고 생각했다.

"소금 찜질로 종목을 바꾸자고."

"으음, 좋아. 드럼통과 소금물, 전깃줄을 준비해라."

"예, 이사님."

DMS그룹의 보안 이사 왕해룡은 중국 정보부에서 복무한
경력이 있는 엘리트 고문 기술자였다.

그는 사람을 어떻게 다루면 가장 효과적으로 고통을 줄지 너무나도 잘 알고 있었다.

24시간 동안 사람을 두들겨 팼으니 이제는 그 상처에 소금을 부어줄 차례였다.

"아마 태어나 이런 고통은 처음일 것이다. 죽여 달라고 애원해도 그때는 늦었다."

"큭큭, 마음대로 해라."

"그 오만함이 언제까지 가는지 한번 두고 보겠다."

왕해룡의 눈동자가 표독스럽게 빛났다.

*　　　*　　　*

이탈리아에서 천하마술단의 뒤를 쫓던 안나는 라일라에게 태하가 잡혀갔다는 소식을 들었다.

그녀는 이탈리아에서 하던 일을 멈추고 곧장 중국으로 날아왔다.

라일라와 에밀리아, 멜리사는 안나에게 태하가 어떻게 잡혀갔는지에 대해 설명했다.

그러자 안나는 한 가지 가설을 내세웠다.

"이것은 악의 시종을 만들 때 가장 중요하게 다룬 의료 기술입니다."

"의료 기술?"

"나치의 생체 실험실에서 개발된 것으로 알고 있으나 정확한 출처는 나도 잘 몰라요. 신경 통제술이라 불리는 이 의료 기술은 나치가 패망하면서 천하마술단에서 흡수한 것으로 알려져 있습니다."

"흐음……."

"초기의 신경 통제술은 사람을 기절시키거나 마비시키는 것에 그쳤습니다. 하지만 지금은 사람을 조종하고 그 사람을 종처럼 부릴 수 있도록 되었지요. 또한 죽은 사람을 되살려 멀쩡히 걸어 다니게 할 수도 있습니다. 대표적인 실험체로는 가란델이라는 녀석이 있죠."

"그렇다면 놈들이 보스에게 신경 통제술을 걸었다는 말인가요?"

"아마도 태하 씨의 신경은 100% 통제할 수 없을 겁니다. 그의 무공을 컨트롤할 수 있을 정도의 마력은 아직까지 주입이 불가능할 테니까요."

"아직은 희망이 있다는 소리군요."

"그렇지요. 지금 당장 움직인다면 그 사람을 구할 수 있어요."

"그룹 정보팀이 움직였습니다. 우리도 그들과 함께 작전에 투입하는 것이 어때요?"

"그렇다면 한결 움직이기가 수월해지겠군요."

잠시 후, 그녀들이 밀담을 나누고 있는 카페로 강진희가 들어섰다.

"제가 너무 늦은 것은 아니죠?"

"강진희 씨?"

"사부님께서 빌어먹을 놈들에게 잡혀갔다고 하더군요. 제가 가만히 있을 수는 없어서 이렇게 나왔습니다."

지금 강진희는 미국 캘리포니아 한의학 연구소에 기거하면서 사람을 살리는 무공을 수련하는 중이다.

하지만 사람을 살리는 무공을 배웠다는 것은 반대로 사람을 죽일 수 있는 능력이 충분하다는 소리이기도 했다.

지금 그녀에게선 북해신공의 엄청난 한기가 뿜어져 나오고 있었는데, 그 한기는 주변의 온도를 전부 다 얼어붙게 만들 정도였다.

"…고통스러운 죽음을 선사할 겁니다. 놈들이 지금 어디로 떠났다고요?"

"중국으로 갔을 겁니다. DMS그룹이 중국에 기반을 두고 있으니 아마도 그곳으로 갔겠지요."

강진희는 태하를 추격하는 데 있어서 사람이 그리 많이 필요치 않다고 역설했다.

"라일라와 멜리사는 북해빙궁으로 가 있는 것이 어떻습니까? 태린 씨와 가족들을 그곳으로 데리고 가서 보호하는 것이 좋지 않겠어요?"

"으음, 그것도 틀린 얘기는 아니네요."

"어차피 우태 사형은 대한그룹을 지켜야 하니 가족들을 지킬 사람은 얼마 안 됩니다."

"알겠어요. 그럼 멜리사와 에밀리아가 태린 씨를 데리고 북해빙궁으로 가는 것으로 하죠."

멜리사 역시 태하가 걱정되어 함께 가고 싶었으나 라일라가 태하를 어떻게 생각하는지 잘 알고 있기에 어쩔 수 없이 태하의 가족들을 수행하기로 했다.

"좋아요. 에밀리아와 저는 북해빙궁으로 가겠습니다. 대신 큰 보스를 꼭 찾아주세요."

"물론이지."

라일라는 강진희와 안나를 데리고 감녕의 특수 장비 미니버스로 향했다.

*   *   *

특수 장비가 가득 차 있는 감녕의 미니버스에는 슈퍼컴퓨터는 물론이고 이동형 서버에 무기고까지 갖추어져 있었다.

검은색 파츠에 특공 장비를 모두 갖춘 감녕은 작전 개요에 대해 설명했다.

"DMS그룹의 중앙 제어 서버에 침투하여 500만 개의 디도스 공격에 노출시킬 수 있는 악성 코드를 심을 겁니다. 그 이후에 DMS을 비롯한 후위무림맹의 전산이 마비되면 혼란을 틈타 대형의 신병을 파악하고 그곳으로 잠입하면 됩니다."

"그렇다면 DMS그룹의 심장부로 침입해야 한다는 소리군요?"

"물론입니다. 그를 위해서 우리가 중국으로 가는 것이니까요."

지금 미니버스는 그룹의 사설 항공기에 담겨 중국으로 날아가는 중인데, DMS그룹의 본사까지는 채 두 시간도 걸리지 않을 것이다.

챕스틱은 공중에서의 공격을 준비하고 임윤식과 강성은 라일라와 함께 고공 낙하로 DMS에 침투할 것이다.

그 이후 강진희는 감녕과 함께 태하의 위치를 파악하여 내부로 진입하게 될 예정이다.

잠시 후, 상하이 상공에 대한그룹 항공기가 들어섰다.

챕스틱은 작전 시작을 알렸다.

"지금부터 DMS그룹의 전산에 침투할 것이다. 모두들 준비되었나?"

"물론."

챕스틱은 DMS그룹 본사의 와이파이 망에 직접 침투하여 보안을 해제시키고 라일라 일행을 옥상으로 투입시킬 것이다.

그는 가장 먼저 보안 시스템을 무력화시킨 후 악성 코드를 유포시키기 위한 위치를 세 사람에게 지정하게 된다.

거기까지 작전이 진행되면 일차적으론 성공을 거두었다고 볼 수 있었다.

슈퍼컴퓨터의 해킹 프로그램이 와이파이를 뚫고 들어가 조용히 잠입에 성공했다.

[와이파이에 접속했습니다.]

"됐다. 이제 침투해."

"오케이."

비행기에서 곧바로 떨어져 내려 고공 낙하를 펼쳐야 하는 작전이니만큼 신중함이 요구된다.

하지만 현장에서 특수 요원으로서 내공을 쌓은 라일라에겐 그리 큰일도 아니었다.

"낙하한다!"

"가자!"

오늘을 위해 지금까지 스카이다이빙과 스쿠버다이빙 등을 갈고닦은 임윤식과 강성 역시 전문가 못지않은 실력을 가지고 있었다.

세 사람은 5천 피트 상공에서 오로지 윙슈트 하나에 의지하여 DMS그룹의 본사를 향해 날았다.

휘이이이잉!

이제부터 세 사람은 무전을 통하여 긴밀하게 서로의 위치와 상황을 공유하며 작전을 수행하게 될 것이다.

―라일라, 하늘 참 맑죠?

―시계 확보가 용이해서 작전 진행이 원활하겠군요. 다행입니다.

고글 너머로 보이는 상하이의 수려한 광경이 눈에 들어올리 없는 세 사람은 오로지 한 점을 향해 집중력을 발휘했다.

―앞으로 500미터, 500미터 남았습니다. 모두들 준비하세요.

―알겠습니다.

윙슈트를 통하여 기류를 타고 날아갈 수 있긴 하지만 고도를 잘못 조절하면 착지가 불안해지기 때문에 고도의 집중력이 필요하다.

세 사람은 기류를 위아래로 적절히 타면서 속도를 줄여 DMS그룹의 옥상에 안전하게 착지했다.

―보조 낙하산 전개.

펄럭!

작은 보조 낙하산이 펼쳐지면서 옥상 바닥에 정확하게 안착한 세 사람은 윙슈트를 벗고 환기구로 잠입을 시도했다.

"3번 환기구로 들어가서 15층 중앙 제어실로 들어갑시다."

"좋아요. 챕스틱, 입감했나?"

—들었다.

이제부터 특수 장비 버스에서 지상으로 길을 안내해 줄 것이고, 세 사람은 그것을 따라 기민하게 움직여야 한다.

—환기구는 소형 폭탄으로 폭파시킨 후 돌입할 수 있도록.

"알겠다."

—잠깐, 1초 후에 보안 시스템을 무력화시키겠다. 그때를 이용해서 터뜨릴 수 있도록.

"오케이."

강성은 가방에서 C4를 꺼내어 뇌관을 연결시키고 보안 시스템이 다운될 때까지 기다렸다.

이윽고 챕스틱의 목소리가 무전 라디오를 통해 들린다.

—됐다. 작전을 시작하자.

"알겠다."

삐빅, 퍼엉!

작은 폭발과 함께 환기구의 입구가 열렸고, 세 사람은 입구 모서리에 로프를 매달고 천천히 레펠을 시도하였다.

강성은 가장 먼저 역으로 자세를 잡고 내려가 위험 요소가 있는지 확인해 보았다.

—이상 무. 들어와도 좋아.

그 뒤를 이어 환기구로 들어간 두 사람은 P90 서브머신건에 소음기를 달았다.

철컥!

"조용히 해치워야 합니다. 한 방에 보낼 수 있죠?"

"후후, 이래 봬도 살인 청부업자 출신이라고."

강성은 특수부대 출신인 그녀와 견주어도 손색이 없는 사격 실력을 가지고 있었고, 임윤식 역시 최근에 혹독한 훈련을 받아 발군의 실력을 가지고 있었다.

대략 3분 후, 세 사람은 중앙 제어실이 있는 15층 환기구를 통하여 밖으로 나왔다.

철컹!

"남자 화장실에 들어왔다."

─중앙 제어실은 그곳에서 왼쪽으로 50미터쯤 이동하면 보일 것이다.

"알겠다."

─잠깐, 남자 화장실로 검을 찬 놈이 한 명 들어선다.

"좋아, 이놈을 처치하고 들어가는 것으로 하지."

아직까지는 보안 시스템 하나만 해킹한 상태이지만 건물 내부의 CCTV를 전부 제어할 수 있는 상황이다.

챕스틱은 이들의 길라잡이가 되어 세세한 상황까지 컨트롤해 주고 있었다.

라일라는 정확히 머리를 조준하여 사격을 준비했다.

─하나, 둘, 셋, 발사!

핑핑핑!

"크헉!"

"명중이군."

"시신을 치웁시다."

세 사람은 시신을 화장실 좌변기에 눕혀놓고 곧바로 중앙 제어실로 향했다.

─중앙 제어실에 있는 인원은 총 열 명이다.

"위치를 지정해 줄 수 있겠나?"

─그것보다는 스네이크 캠으로 안을 살피고 들어가는 것이 나을 것 같군.

"알겠다."

강성은 배낭에서 스네이크 캠을 꺼내어 문 안쪽으로 밀어넣고 그 안의 사정을 살폈다.

"좌측에 네 명, 우측에 네 명, 전방에 두 명이군. 어떻게 처리할까요?"

"좌우로 섬광탄을 던져 터뜨린 후에 전방부터 처치하면서 들어갑시다. 내가 전방, 두 사람이 각각 좌우를 맡아요."

"그럽시다."

라일라와 임윤식이 섬광탄을 꺼내어 안전핀을 뽑았다.

팅!

강성은 문을 붙잡고 숫자를 셌다.

"하나, 둘, 셋!"

끼이이익, 철컹!

굳게 닫혀 있던 문이 열리면서 라일라와 임윤식이 각각 좌우로 섬광탄을 집어 던졌다.

우우웅, 퍼엉!

"으아아아악!"

"돌입!"

쾅!

문을 발로 차고 들어선 세 사람은 일사불란하게 각자의 앞에 있는 목표물을 정확하게 사격하였다.

펑펑펑!

"크허억!"

"처리 완료!"

"이쪽도 완료입니다!"

"좋았습니다. 챕스틱 씨, 더 이상의 인원은 없나요?"

—없어요. 이제 시스템만 배포하고 곧바로 빠져나와요.

"알겠습니다."

세 사람은 각자 맡은 구역으로 달려가 USB를 연결하고 악성 코드를 주입시키기 시작했다.

[레일 브레이크 시스템을 인스톨 합니다. 소요 시간: 3초]

잠시 후, 인스톨을 끝낸 세 사람은 검은색 파츠를 벗고 평상복으로 갈아입었다.

이제 세 사람은 회사에서 근무하는 평사원으로 보일 것이고, 그것을 증명할 수 있는 ID 카드를 손에 넣었다.

세 사람은 미리 준비해 둔 사진을 붙이고 이름표를 바꾸어 신분증을 확보했다.

―해킹 완료. 보안 시스템에서 세 사람의 얼굴을 바꿔줄게. 이름은?

"원래 그대로."

―알겠다.

이제 세 사람은 아무런 일도 없었다는 듯이 비상구를 타고 10층으로 내려가 엘리베이터 앞에 섰다.

"점심이나 먹고 할까요?"

"그럽시다."

지나가는 사람들 틈바구니에 낀 셋은 이제 곧 난리가 벌어질 것에 대비하여 퇴로부터 확인했다.

DMS그룹의 입구는 경호원들로 3중 보안 시스템을 가동시키고 있기 때문에 어설프게 움직인다면 금방 정체가 탄로 나고 말 것이다.

―화재 경보를 울려줄 테니까 재빨리 빠져나와. 그 이후에

디도스 공격을 감행하겠다.

"알겠어."

잠시 후, 그의 말대로 DMS그룹 본사에 화재 경보가 울렸다.

띠리리리리리링!

[화재 발생! 화재 발생! 건물 내 모든 인원은 전부 대피하여 주시기 바랍니다!]

"꺄아아아악!"

"불이야!"

DMS의 직원들은 혼비백산하여 입구로 몰려들었고, 경호원들은 그들의 신분을 확인할 겨를도 없이 문을 열 수밖에 없었다.

"일단 나가서 건물 밖에 대기하여 주십시오! 경호원들은 어서 나가서 신분증을 확인할 수 있도록!"

"예, 알겠습니다!"

아무리 보안이 생명이라지만 화재 경보가 울린 이상 사람들을 건물 안에 잡아둘 수 있는 권한은 누구에게도 없었다.

회사의 외부인을 포함한 전 인원이 바깥으로 피신하는 동안 비행기에서 내린 특수 장비 버스가 DMS 본사 앞으로 달려왔다.

부아아아앙!

이제 챕스틱이 디도스 공격을 시작하게 되면 중앙 제어 장치 전부가 그의 수중으로 넘어오게 될 것이다.

—공격 시작 5초 전, 4, 3, 2, 1, 시작!

삐비비비비빅!

엄청난 양의 좀비 PC가 DMS의 본사를 향해 공격을 시작했고, 트래픽 과다로 인하여 서버가 다운되어 버렸다.

[서버가 다운되었습니다. 재가동을 시작합니다.]

그는 재가동에 맞춰 중앙 제어 컴퓨터에 잠입하여 제어 시스템을 전부 장악하고 그 안에 있는 내용을 슈퍼컴퓨터의 이동형 서버로 다운로드하였다.

—자, 이제부터 보스를 찾아보겠다.

"얼마나 걸리겠나?"

—길어봐야 3초다.

컴퓨터 검색을 통하여 태하에 대한 자료를 찾아낸 챕스틱은 그가 잡혀 있는 곳이 칭타오라는 사실을 알아냈다.

—칭타오다! 전원 차에 탑승해서 이동하자! 아무래도 놈들이 일부러 멀리 보스를 잡아간 것 같아!

"알겠다!"

세 사람은 다시 차에 올랐고, 버스는 칭타오를 향해 달려나갔다.

*　　　*　　　*

DMS그룹 산하 칭타오 산업 앞으로 카퍼데일과 양우의 친구들이 모여들었다.

스스스스!

땅을 밟지 않고도 자유자재로 걸어 다닐 수 있는 도인들의 모습은 마치 설화에나 나오는 귀신을 보는 것 같았다.

카퍼데일은 그들의 소원을 들어줄 수 있는 인물이 이 안에 있음을 알렸다.

"사제가 잡혀 있는 곳입니다. 저놈들을 쓸어버리고 사제를 구해주실 수 있겠습니까?"

"오는 것이 있으면 가는 것이 있는 법, 받으려면 당연히 무언가를 해주어야 하지 않겠나?"

잠시 후, 200명이 넘는 도인들이 35층 높이의 칭타오 산업 안으로 무작정 쳐들어가기 시작했다.

우우우웅, 콰앙!

갑자기 하늘에서 떨어져 내린 거대한 돌덩이들 때문에 칭타오 산업의 전면에 붙어 있던 유리는 모두 다 산산조각이 나버렸다.

"이, 이런 빌어먹을! 유성우가 떨어져 내리나?!"

"하룻강아지 같은 녀석들, 이것이 바로 도술이다!"

도술은 자연의 흐름을 도력으로 바꾸는 술법인데, 마법과 뿌리가 같으면서도 성질은 다르다고 할 수 있었다.

자연 상태의 물질들을 소환하거나 조종하는 도술은 마법처럼 없던 물건을 만들어내는 것이 아니라 세상에 존재하는 것들을 이용하는 술법이다.

지금 이곳으로 떨어져 내리고 있는 돌들은 칭타오 인근 야산에 박혀 있던 것들이다.

그 크기가 워낙 중구난방에다 뜬금없이 공중에서 갑자기 나타난 것이기 때문에 방비할 시간도 없었다.

도인들은 후위무림맹의 모든 전력이 모여 있는 칭타오 산업 안으로 들어가 보이는 족족 주먹을 휘둘렀다.

부웅!

"커헉!"

"물 흐르듯이!"

마치 파도를 타는 듯 부드럽게 미끄러져 나간 도인들은 거침없이 앞으로 돌진하며 장력을 남발했다.

그 장에 맞은 고수들은 단전이 깨져 무공이 파기되어 더 이상 걸어 다닐 수도 없는 신세가 되어버렸다.

어찌 보면 아주 잔인한 처사이지만 목숨을 빼앗지 않고 사태를 정리하기엔 이보다 더 좋은 방법이 없었다.

한 도인은 태하가 있는 곳을 찾아내기 위하여 호랑이로 변신하여 지하를 향해 내달렸다.

―크아아아앙!

후각이 극도로 예민해진 호랑이는 태하의 냄새를 찾아서 달렸고, 결국 그곳이 지하 7층이라는 사실을 알아냈다.

"7층이오! 모두들 갑시다!"

엘리베이터가 내려가는 와이어 렉을 통째로 날려 버린 도인들이 낙하산 떨어지듯이 지하로 날아가 정확히 7층에 멈추어 섰다.

펄럭!

속전속결!

도인들의 잠입 기술은 카퍼데일의 혀를 내두르게 만들기에 충분했다.

"대단하군!"

"도를 잘 닦고 있는 그들을 건드리면 이렇게 되는 겁니다. 아미타불, 앞으론 숲을 훼손시키는 사업을 자중하시지요."

"그, 그래야 할 것 같습니다."

이런 도인들을 적으로 돌렸다면 아마 끔찍한 일이 벌어지지 않았을까 하는 생각을 해보는 카퍼데일이다.

잠시 후, 카퍼데일은 도인들이 뚫어놓은 길을 타고 지하 7층까지 보법을 밟아 내려갔다.

파바밧!

그곳에는 태하의 신병을 붙잡아두고 있는 몇 명의 사내가 보였다.

"뭐, 뭐야?!"

"아미타불, 납치는 좋지 않은 방법이지요!"

양우는 그들을 향해 장법을 펼쳤고, 일곱 명의 사내는 한꺼번에 피를 토하며 날아갔다.

콰앙!

"쿨럭!"

"앞으론 무공을 사용할 수 없을 겁니다! 아미타불!"

"젠장!"

카퍼데일은 소금 통에 빠져 허우적거리는 태하를 건져냈다.

"크윽, 으으으으윽!"

"사제!"

통에서 빠져나온 태하는 한동안 몸을 추스르지 못하고 꿈틀거렸고, 도인들은 구름을 소환하여 그의 머리 위에 비를 내려주었다.

우르르릉, 콰앙!

쏴아아아아!

"후우, 좀 살 것 같군!"

"사제, 이제 좀 괜찮나? 정신이 좀 드나?"

"대사형, 와주셨군요!"

"그럼. 내 가족들을 살려주었는데 당연히 와야지."

태하는 자신을 둘러싸고 있는 백의 장삼의 도인들을 바라보았다.

"이분들은……."

"자네를 구하기 위하여 먼 길 마다하지 않고 달려온 분들일세. 우리에겐 은인이지."

그는 도인들에게 읍했다.

척!

"감사합니다! 이 은혜는 절대로 잊지 않겠습니다!"

"그래, 은혜를 갚을 방법을 미리 마련해 두었네."

"……?"

"일단 나가자고. 이곳에서 가만히 죽치고 있을 일이 아니야."

"예, 대사형."

지금 독고성문은 이미 위험에서 빠져나가 어디론가 숨어버렸기 때문에 그를 붙잡아 족치는 일은 불가능했다.

지금은 태하를 속박하고 있는 족쇄를 풀고 몸을 회복시키는 것이 급선무였다.

"북해빙궁으로 가세."

"예, 대사형."

도인들은 카퍼데일과 태하를 따라 시베리아로 향했다.

　　　　　*　　　　　*　　　　　*

　태하가 안전하게 구출됨에 따라 버스를 타고 중국까지 온
인원은 방향을 틀어 러시아로 향했다.

　북해빙궁 대웅전 안에 모인 태하의 부하들은 그의 생환을
자축했다.

　"보스, 천만다행입니다! 이렇게 무사하시다니, 이제야 안심
이에요!"

　"그래, 고마워. 모두 자네들 덕분이야."

　이윽고 태하는 자신을 따라온 안나를 바라보았다.

　"안나, 고마워요. 나를 위해서 기꺼이 길을 나서주었군요."

　"제가 한 일이 뭐 있나요? 당신의 훌륭한 동료들이 알아서
다 했죠."

　태하는 어색한 표정으로 서 있는 라일라를 바라보았다.

　"자네가 가장 많이 고생했다고 강성이가 그러더군."

　"…아닙니다. 저는 그저 챕스틱 씨가 시킨 대로 움직였을 뿐
인걸요."

　"그래도 자네가 아니었다면 내가 이렇게 살아 있겠나? 고마
워."

　"별말씀을요."

이윽고 그녀는 더 이상 이곳에 남아 있기 싫다는 듯이 돌아섰다.

"그럼 저는 다시 본사로 들어가 보겠습니다. 회장님이 자리를 비운 사이에 무슨 일이 벌어졌을지 아무도 모르니까요."

"벌써 가는 건가? 이곳에 잠시 더 있다가……."

"됐습니다. 저는 이만 갑니다."

그녀는 정말 미련 없이 돌아섰고, 멜리사와 에밀리아는 씁쓸하게 웃었다.

"보스, 쾌차하십시오."

"그, 그래."

저번보다 훨씬 더 서먹서먹해진 것 같아서 태하는 마음이 좋지 않았다.

'어떻게 해야 이 사태를 현명하게 헤쳐나갈 수 있으려나.'

고민에 빠진 태하에게 안나가 말했다.

"몸이 나으면 라일라에게 고마움을 표시하세요."

"안나……?"

"그녀는 이번 사건을 해결하는 데 있어서 가장 큰 공을 세웠어요. 한 집단의 리더로서, 그리고 사람으로서 그녀에게 고마움을 표현하세요."

"후우, 알겠습니다. 그렇게 하지요."

과연 그녀에게 무엇을 어떻게 해주어야 마음이 편해질지 태하는 머리가 아파왔다.

*   *   *

천월령의 지하 연구실 안.

생명 유지 장치를 주렁주렁 매단 당영성이 포도당과 염분, 비타민 등으로 이뤄진 생체리듬 회복 용액 안에 들어가 있다.

꿀렁!

그의 입에서 뿜어져 나온 기포가 용액이 가득 담긴 수조 위로 올라왔다.

천월령은 드디어 자신이 원하던 최고의 고수를 악의 시종으로 부릴 수 있게 된 것이다.

"드디어……!"

그녀는 당영성을 부활시키면서 천하마술단원 100명의 심장을 응축해서 만든 내단을 오른쪽 가슴에 이식해 두었다.

이제 그는 생전에 자신이 가지고 있던 능력의 몇 곱절을 발휘해 낼 수 있으며, 그 모든 힘을 오로지 천월령을 위해서만 사용하게 될 것이다.

그녀는 수조 안에 들어가 있는 당영성을 깨워 의식을 확인하기로 했다.

치직!

"으윽!"

"일어나라."

수조 안에 들어가 있던 당영성이 눈을 떴고, 그의 녹색 눈동자가 천월령을 바라보았다.

"호호호! 드디어 당영성이 나의 시종이 되었구나!"

"……?"

"수조에서 나와 나의 앞에 무릎을 꿇어라!"

당영성은 여전히 고개를 갸웃거리며 그녀를 바라볼 뿐이다.

"…나의 앞에 무릎을 꿇어라!"

천월령은 그에게 다시 명령을 내렸지만 당영성은 여전히 움직일 생각을 하지 않았다.

잠시 후, 그는 다시 눈을 감아버렸다.

"이, 이런 제기랄! 실패인가?!"

그녀가 실패를 직감하고 있을 때 당영성이 다시 눈을 떴다.

당영성의 눈동자에서 뿜어져 나온 녹색 영기가 주변을 맹독 천지로 만들어 버렸다.

스스스스!

"콜록콜록!"

이윽고 당영성은 자신의 내력을 폭발시켜 수조를 박살 내버렸다.

쨍그랑!

"꺄아아악!"

"…어린 계집이 버릇이 아주 없군. 그런 버르장머리는 도대체 어디서 배워먹은 것인가?"

"이, 이럴 수가!"

당영성은 예전의 그 더럽던 성질머리를 그대로 간직하고 있었고, 자신의 앞에 서 있는 천월령을 하인 부리듯이 부리려 했다.

"꿇어라. 납작 엎드린다면 목숨만은 살려주마."

"제기랄!"

그녀는 이런 사태에 대비하여 되살린 시신을 코마 상태로 만들어 버리는 장치를 그의 뇌에 심어두었다.

"어쩔 수 없지."

천월령은 뇌경색을 일으키는 장치의 버튼을 눌러 버렸고, 당영성은 그 자리에 쓰러지고 말았다.

딸깍!

"으헉?"

"나의 노력이 물거품처럼 사라지는가."

바로 그때 놀라운 일이 벌어진다.

"으으으으으, 으악!"

콰앙!

당영성이 기의 폭발을 일으켜 뇌에 심어져 있던 장치를 산산조각 내버리고 다시 의식을 되찾았다.

"후우!"

"허, 허어!"

"네 이년, 감히 이 몸을 병신으로 만들려 했겠다!"

"그, 그게 아니고……."

당영성은 거침없이 손을 뻗어 천월령의 목덜미를 틀어쥐었다.

쩌드드득!

"콜록콜록!"

"대답해라! 네년은 뭐 하는 누구냐?!"

그녀는 자신의 목을 조르는 그에게 마지막 비기를 시전했다.

"…그렇게 소원이라면 가르쳐 주지!"

스스스스!

"이, 이것은?!"

"흡성대법!"

천월령의 단전에서부터 올라온 흡성대법은 순식간에 당영성의 두 번째 심장을 흡수해 버렸고, 중단전과 상단전에 모여 있던 진기까지 전부 다 빨아들였다.

슈가가가가각!

"끄아아아아악!"

"빌어먹을 자식, 감히 창조주와 같은 나에게 반항을 했겠다?!"

그녀는 당영성의 진기를 전부 다 빨아들여 내단을 깨뜨려 버렸다.

쨍그랑!

"쿨럭쿨럭!"

"두 번째 죽음을 맞이하겠군. 기분이 어떤가?"

"……."

그는 다시 숨을 거두었고, 천월령은 홀가분한 표정으로 연구소를 나섰다.

뚜둑, 뚜둑!

하지만 그녀가 남기고 간 실험실 안에는 아직 죽지 않은 당영성이 꿈틀거리며 마지막 생명을 불태우고 있었다.

그는 자신이 뿜어낸 독기를 다시 흡수했다.

스스스스스!

"허억, 허억!"

가까스로 살아난 당영성은 연구소가 폭발하기 전에 재빨리 도망쳐 목숨을 부지하였다.

쿠구구궁, 콰앙!

천월령의 연구소는 산산조각이 나버렸으나 당영성은 여전히 살아남아 있었다.

"…반드시 갚아주리라!"

그는 어기적어기적 걸어 사천을 향해 나아갔다.

*   *   *

스위스 알프스산맥 중턱에 위치한 천하마술단의 비밀 실험실 안.

이곳에는 두 구의 시신을 되살리는 실험이 진행 중인데, 이들은 자율신경계를 전부 다 회복하여 누구의 명령도 아닌 오로지 자신만의 의지로 살아갈 수 있게 될 것이다.

삐빅, 삐빅.

생명 유지 장치에 들어간 한 남자는 이제 막 생후 100일쯤 된 아이를 품에 안고 있었다.

천하마술단의 대모 일레이나는 이제 곧 자신이 50년 넘게 열중해 온 실험의 종지부를 찍을 계획이다.

그녀는 두 구의 시신의 몸속에 짧은 충격을 전달시켰다.

치직!

순간, 두 구의 시신이 전기에 반응하여 한차례 꿈틀거리며 움직였다.

이제 두 구의 시신을 감싸고 있던 생명 유지 용액이 빠져나가면서 그녀의 연구 성과가 고스란히 드러나게 되었다.

"허억, 허억!"

"팽절학 씨, 다시 살아난 느낌이 어때요?"

그는 어리둥절한 표정으로 주변을 둘러보고 있었다.

"어, 어라?"

"당신의 잘린 머리가 어떻게 붙었는지, 그리고 당신과 그녀의 아이가 어떻게 살아 있는 것인지 궁금할 겁니다."

팽절학은 자신이 죽어 있던 동안 없어진 기억을 가다듬느라 혼란스러운 눈치였고, 그의 아들은 여전히 잠에 빠져 있었다.

일레이나는 만족스러운 미소를 지었다.

"성공이군. 다만……."

잠시 후, 팽절학이 그 자리에 주저앉더니 다시 눈을 감고 깊은 잠에 빠져들었다.

그녀는 자신의 실험이 이뤄낸 이 기적적인 성과가 그저 반쪽짜리에 불과하다는 것을 잘 알고 있었다.

이 두 사람을 온전히 되살리기 위해선 이 세상에서 가장 신선하고도 강렬한 불의 기운을 담은 선혈이 필요했다.

그녀가 지금까지 실험해 본 혈액 중에서 가장 완벽한 시료는 바로 천가의 순혈이었다.

일월신교의 충천한 양기를 물려받은 천가의 순혈이야말로 시신을 산 사람으로 되살리는 데 필요한 가장 큰 원동력이었던 것이다.

신경 체계를 재구성하고 그것을 마법으로 연결시키는 작업은 그녀 스스로도 할 수 있었으나, 자율 신경계를 본래대로 되돌려 스스로 존립하는 일은 사람의 힘으론 불가능한 일이었다.

때문에 그녀는 그 원동력을 찾으려 벌써 150년도 넘게 고뇌하고 있었으나, 결국 찾아낸 결론은 단 하나였다.

"천가의 순혈을 찾아내는 수밖에 없다."

애석하게도 천월령은 성씨와 가문의 이름만 물려받았을 뿐 천가의 순혈이 아니었다.

그녀에겐 천가의 유전적 특징이 전혀 나타나 있지 않았으며 천월령의 피로는 매번 실험에 실패하고 말았다.

500년 전, 일레이나는 천가와의 혈전을 통해 소중한 사람들을 잃었다. 하지만 그 전쟁에서 그녀가 건진 것이 있었으니, 그것은 바로 천가의 마지막 순혈 장자 천무혁의 혈청이었다.

루비의 형태로 봉인시킨 천무혁의 혈청은 보석 형태로 보존되어 있었는데, 이것을 잘 갈아서 물에 섞으면 유전자 정보가 모두 들어간 묽은 혈액으로 변하게 된다.

하지만 이것은 유전적 정보만 확인할 수 있을 뿐, 실제 실험에 사용할 수는 없었다.

천월령은 혈청을 통하여 유전적 정보를 확인했고, 그녀의 피는 순혈이 아니라는 결론을 내릴 수 있었다.

그렇다면 과연 어디서부터 어떻게 혈통이 꼬여 버린 것일까?

그녀는 지금까지 그 고민을 해결하지 못한 채 지금까지 정체되어 흘러온 것이다.

잠시 후, 연구실 문이 열리며 천월령이 들어섰다.

"저 왔습니다."

"어서 오세요."

"말씀하신 것은……."

"저쪽을 한번 보시죠."

천월령은 그녀가 가리킨 방향으로 고개를 돌렸고, 그곳에는 아이를 안은 채 잠들어 있는 팽절학이 보인다.

그녀는 환희에 가득 찬 얼굴로 팽절학에게 다가갔다.

"…여보!"

"아이는 건강합니다. 당신의 남편도 더할 나위 없고요."

"그렇지만……."

"정상적으로 움직일 수는 없습니다. 아시다시피 천가의 순혈을 구할 수 없다면 저 상태로 계속 지내야 할 겁니다."

천월령은 굳은 의지를 내보였다.

"반드시, 반드시 구해내겠습니다!"

"그래야지요. 당연히 그래야지요."

두 부자의 곁에 살포시 누운 천월령은 자신이 가장 좋아하
는 체취에 묻혀 잠시 잠을 청했다.

8. 부활

　사천당문의 종가는 여전히 죽해 인근에 자리 잡고 있었다.

　바람이 일렁일 때마다 물결처럼 흔들리는 대나무들의 향연은 보는 이로 하여금 감탄에 젖어들게 만들기 충분했다.

　독고성문은 정신이 사나워질 때마다 사천당문의 종가를 찾아오곤 했다.

　끼익.

　아주 오래된 대문을 열고 안으로 들어서면 100개의 방과 드넓은 정원으로 이뤄진 당문의 종가가 그 모습을 드러낸다.

　독고성문은 당문을 지키는 관리자 당진을 찾아갔다.

당진은 천연 색소와 죽염으로 요리를 하는 취미를 가졌는데, 별다른 조미를 하지 않아도 아주 깊은 맛을 내는 것이 특징이다.

당진은 오늘도 부엌에서 죽염으로 요리를 만들어내고 있었다.

치이이익!

그는 오늘은 가마우지로 잡은 은어를 구워 한 상 소박하게 차리려는 듯 정성스럽게 불가에 앉아 있었다.

"어르신, 저 왔습니다."

"성문이? 자네가 어쩐 일인가?"

"그냥 좀 쉬고 싶어서요."

"허허, 그런가? 마침 잘되었군. 간이 잘 밴 은어 구이를 하고 있던 참이네. 아직 식전이라면 함께 몇 술 뜨는 것이 어떻겠나?"

"그래도 괜찮겠습니까?"

"안 될 것은 또 무언가? 사람이 밥은 먹고 살아야 할 것 아닌가?"

"그럼 신세 좀 지겠습니다."

"얼마든지."

당진은 벌써 80년째 당문의 종가를 홀로 지키며 살아가는 고독한 사람이다.

비록 지금은 독고 가문에게 당문의 명예를 넘겨주었으나 아직까지 그가 가지고 있는 영향력은 대단했다.

아무리 무림맹에서 나와 홀로 생활하는 당진이지만 그가 후위무림맹에 기여한 바가 크기 때문이다.

독고성문은 그런 그를 롤모델로 삼고 있었으나 정작 당진은 그를 동네 지인 정도로 생각하고 있었다.

당진과 함께 당문 종가의 정자로 밥상을 들고 간 독고성문은 나물볶음에 은어 한 마리뿐인 소박한 식사를 즐겼다.

꿀꺽!

"으음, 좋군! 역시 어르신의 음식은 뭔가 계속해서 먹게 되는 맛이 있습니다. 조미료도 없이 어떻게 이런 맛을 내는 겁니까?"

"죽염을 넣지 않나? 죽염은 이 세상에서 가장 훌륭한 조미료라네. 이 정도면 난 요리를 잘 못하는 것이라고 생각하는데?"

"하하, 그럼 여염집 주부들은 전부 다 손을 놔야 하는 겁니까?"

"꼭 그렇다는 것은 아니고, 그냥 말이 그렇다는 거지."

실제로 당진은 자신의 요리에 대한 프라이드가 상당히 높지만 그것을 잘 인정하려 들지 않았다.

독고성문은 느긋느긋하게 식사를 즐기고 있었으나 당진은

그런 그의 여유 속에 숨어 있던 조바심을 잡아냈다.

"자네, 뭔가 큰 고민거리가 있는 것 아닌가?"

"귀신은 속여도 어르신은 속일 수 없겠군요."

"뭔가? 무슨 일 때문에 이곳까지 온 건가? 후위무림맹에 대한 일인가?"

"꼭 그렇지는 않습니다. 이를테면 지극히 개인적인 일이라고나 할까요?"

"그래? 그렇다면 내가 해줄 말이 없네. 자네의 나이쯤 되면 집안 단속은 알아서 할 때가 되었거든."

"후후, 그렇지요?"

두 사람이 일상적인 대화를 나누고 있을 때 불현듯 누군가 담장을 넘는 소리가 들렸다.

파바바밧!

당진과 독고성문은 동시에 서로의 얼굴을 바라보았다.

"침입자?!"

현재 당문은 사유재산이지만 유적지처럼 사람의 발길이 뜸해졌기 때문에 사람이 담을 넘는 경우는 거의 없었다.

독고성문은 검을 뽑아 들었다.

챙!

"누군지 몰라도 겁을 상실한 놈이로군! 감히 이곳이 어디인 줄 알고!"

바로 그때, 그의 검으로 엄청난 양의 독기가 응축된 침이 날아왔다.

피융!

"…맹독?!"

"어서 피하게! 검으로 막는다고 해서 될 것이 아니야!"

독고성문은 재빨리 몸을 날려 독침을 피해냈고, 그가 서 있던 자리에는 스멀스멀 독이 피어나는 침이 주변을 부식시키고 있었다.

스스스스스!

"대단한 맹독! 도대체 이런 독을 누가……?"

두 사람이 경악스러운 감탄사를 연발하고 있을 무렵, 그들의 앞으로 한 사내가 모습을 드러냈다.

"…남의 집에서 밥을 처먹고 있다니, 죽고 싶어서 환장한 모양이지?"

"누구냐?! 누구인데 남의 집에 함부로 들어와 주인 행세를 하는 것이냐!"

사내는 재미있다는 듯이 웃었다.

"하하, 감히 이 당영성의 집에 몰래 들어와 밥을 훔쳐먹으면서도 당당할 수 있다니, 그 기개가 참으로 대단하다고 할 수 있겠구나."

"…당영성?"

잠시 후, 온몸에 깊은 자상과 화상을 입은 사내가 두 사람의 앞에 얼굴을 보였다.

"어, 어어……?"

"독왕 당영성?!"

"내 이름을 알고 있군. 네놈들, 어디서 온 누구냐?"

당진은 믿을 수 없다는 눈으로 그를 바라보았다.

"그, 그럴 리가 없다! 당영성은 우리보다 무려 600여 년이나 앞서간 사람이야. 이런 일이 일어난다는 것 자체가 말도 안 되는 일이야!"

"600년? 이놈이 미쳤나 보군. 나를 지금 귀신 취급하려는 것이냐?!"

"귀신… 귀신이라면 이렇게 멀쩡하게 걸어 다닐 리가 없겠지."

"당연한 소리를 하는군."

당진은 너무나 큰 혼란을 겪고 있었다.

"말도 안 돼. 독왕은 이미 죽어 땅에 묻힌 지 오래란 말이다. 어떻게……."

"미친놈, 왜 자꾸 멀쩡한 사람을 죽었다고 지껄이는지 모르겠군."

그는 당영성에게 아주 정중히 물었다.

"태어난 일시가……."

"병오년 축시다."

"…조부님의 성함은?"

"당, 성 자, 문 자를 사용하신다."

"맞군."

"아까부터 뭔 헛소리를 자꾸 지껄이는 것이냐? 네놈은 미친
놈이 분명하다."

당영성은 집으로 들어오자마자 처자식부터 찾았다.

"그나저나 가장이 집에 왔는데 아무도 내다볼 생각도 안 하
는군."

"……."

"혜림아! 연림아!"

그는 장가를 든 두 아들 말고 아직 시집을 가지 않은 두 딸
당혜림과 당영림의 이름을 불렀다. 하지만 이미 고인이 된 지
오래인 그녀들이 대답을 해줄 리가 만무했다.

당영성은 뒷짐까지 지고 다니면서 100개나 되는 방을 전부
다 둘러보았다.

"…이게 뭐야? 방의 모양새가 왜 이렇게 해괴하게 바뀌어 있
는 건가?"

"만약 당신이 진짜 당영성이라면 나는 당신의 16대 조손이
되겠군요."

"뭐라?"

당영성은 지금까지 자신에게 닥친 모든 일을 곰곰이 되짚어보았다. 그리곤 이내 한 가지 결론을 내렸다.

"…확실히 뭔가 이상하긴 했어."

"물론입니다. 당신은 이미 650년 전에 목숨을 잃었으니까요."

"……."

"믿을 수 없다면 두 눈으로 직접 확인할 수 있도록 도와드리지요."

당진은 앞장서 후원으로 향했고, 당영성은 조심스럽게 그 뒤를 따랐다.

*　　　*　　　*

G20 정상회담이 열리는 독일 뮌헨의 벡스터 문화회관 안으로 각국의 정상들이 모여들었다.

미국을 시작으로 영국, 독일, 프랑스, 이탈리아, 일본, 중국, 러시아, 인도, 한국 등 20개 국가가 뮌헨으로 모여들었다.

이번 정상회담의 주된 의제는 계속되는 세계적 경기 침체와 테러 위협으로 인한 무역 제한 등이다.

이탈리아 총리 자코모 루쏘는 팔에 붕대를 감은 채 정상회담에 참여하고 있었다.

그는 독일에서 준비한 와인 잔을 들고 건배사를 외치는 의장을 향해 미소를 지었다.

"평화와 번영을 위하여 건배!"

"건배!"

짝짝짝짝!

박수 소리가 요란하게 들려옴에 따라 기자들의 셔터 누르는 속도 역시 빨라졌다.

찰칵, 찰칵!

자모코 루쏘는 와인을 한 번에 모두 들이켜 버렸다.

꿀꺽꿀꺽!

"후우!"

"목이 마르신 모양이지요?"

"오늘따라 유난히 목이 타는군요."

"그래요?"

독일 총리 요하네스 뮐러는 수행원들에게 전해질 음료수를 가져올 것을 지시했다.

"여기 전해질 음료 좀 가져다 주겠나? 총리께서 목이 타는 모양이군."

"예, 각하."

잠시 후, 전해질 음료수를 가지고 온 수행원들이 총리에게 음용을 권했다.

"한잔 드시지요."

"고, 고맙네."

아까부터 계속 안색이 나쁘던 자모코 루쏘는 연신 고개를 갸웃거린다.

'이상하군. 왜 자꾸 힘이 빠지고 더워지는 것인지 모르겠어.'

며칠 전 부총리와 밀담을 나누던 중에 피습을 당한 이후로 자꾸 이런 현상이 계속되고 있었다.

자모코 루쏘는 얼마 전 괴한에게 피습되어 정신이 이상해진 부총리의 얼굴을 떠올렸다.

그는 자신 역시 부총리처럼 넋이 나간 사람처럼 되는 것이 아닌가 싶어 불안해지기 시작했다.

결국 그는 정상회담이 개최된 지 얼마 지나지 않아 잠시 휴식을 요청했다.

"…정상들께는 죄송한 말씀입니다만, 제가 몸이 좋지 않아서 잠시 쉬다 와야겠습니다. 양해를 구해도 되겠습니까?"

"많이 안 좋으십니까? 모처럼 모인 자리인데 말이죠."

"그렇게 되었습니다."

"그래요, 안색이 썩 좋지 못한 것 같네요. 뮐러 총리님, 조치를 취해주시지요."

"알겠습니다."

경호원들의 부축을 받으며 자리에서 일어선 자모코 루쏘는 갑자기 기침이 밀려들고 현기증이 이는 것을 느꼈다.

"쿨럭쿨럭!"

"초, 총리님?"

"괜찮네."

경호원들은 부축으로 그를 옮기는 것은 불가능하다고 판단했다.

"들것을 가지고 오는 것이 좋겠다."

"예, 부장님."

경호 책임자는 조속한 판단으로 그를 들것에 실어 컨벤션 센터 응급실로 옮겼다.

들것에 실려 가는 동안에도 자모코는 자신의 몸에 닥친 이상 현상이 얼마 전 부총리에게서 일어난 것과 별반 다르지 않다는 것을 느꼈다.

그는 바로 어제 정신이 나간 사람처럼 행동하는 부총리를 국립 치료감호소 지하에 감금시키고 오는 길이다.

부총리의 가족들에겐 함구령을 내리고 부인과 딸들로 하여금 하루에 한 번씩 쇠창살 너머로 접견할 수 있도록 했다.

그녀들은 부총리가 정신이 나가 자신들까지 해치려 했다는 것 때문에 큰 충격을 받았지만 다행히도 아버지를 버리는 일은 하지 않았다.

가족들에게 그를 맡기고 이곳까지 온 자모코였지만 자신

역시 같은 상황에 처할 수 있다는 것을 어렴풋이 깨달았다.

'큰일이다. 지금 내가 쓰러지면 큰 혼돈이 초래될 텐데……'

자신의 부고를 채워줄 부총리가 없는 상황에서 정신을 잃어버리면 안 그래도 혼란스러운 이탈리아에 무슨 일이 벌어질지 아무도 몰랐다.

그는 조용히 눈을 감고 정신을 다잡았다.

'나는 괜찮다. 나는 괜찮아.'

그런 그에게 작은 목소리가 들려왔다.

—자모코, 나의 파랑새.

순간, 그는 자신의 귀를 의심했다.

"에, 엘레나?!"

—자모코, 나의 사랑 자모코!

30년 전, 자신을 떠나간 사랑, 엘레나의 목소리가 그의 귓전을 맴돌면서 잊고 있던 젊은 시절이 떠오르기 시작했다.

자모코는 자리에서 일어나 자신의 이름을 부르고 있는 엘레나를 찾아 돌아다녔다.

"…엘레나!"

마치 정신이 나간 사람처럼 자리에서 벌떡 일어나 돌아다니던 그는 퍼뜩 정신을 차렸다.

"엘레나는 죽었어!"

—자모코……!

그는 고개를 가로저으며 질끈 눈을 감았다.

'그녀는 죽었다! 죽은 여자가 나에게 말을 걸 리가 없어!'

이탈리아 국민들이 자모코에게 붙여준 별명 중에 가장 유명한 것이 바로 '강철의 인내'였다.

그는 지금까지 수많은 고초를 겪으면서 총리의 자리까지 온 정치인으로, 젊은 시절에는 변호사 신분으로 각종 시위에 참여했다가 보수정당에게 고문을 당하기도 했다.

투사로서, 혹은 지식인으로서 시위를 이끌던 그는 대학생들과 지식 계층의 지지로 총리에까지 올랐다.

30년이 넘는 그의 투쟁의 한복판에는 엘레나가 있었지만, 그녀는 이미 세상을 떠난 지 오래였다.

스무 살을 갓 넘긴 어느 날, 우울증으로 목숨을 끊은 그녀는 자모코에게 여전히 첫사랑으로 남아 있었다.

하지만 그녀에 대한 기억은 지금의 아내가 대신 채워주고 있었다.

'엘레나, 미안하지만 너에 대한 기억은 이미 지웠어.'

순간, 그의 눈이 번쩍 떠지며 어지럽던 정신을 가까스로 다잡을 수 있게 되었다.

그는 거울에 비친 자신의 모습을 바라보았다.

"허, 허억!"

거울에 비친 그의 모습은 마치 전설에나 나오는 리치나 좀

비를 보는 것처럼 새파랗게 질려 있었다.

그는 경호실장을 호출했다.

"…경호실장!"

"총리님?"

"이쪽으로 와보게!"

밖에서 그를 호위하고 있던 경호실장은 부름을 받고 응급실로 들어섰다.

그러자 그는 화들짝 놀라며 총리의 얼굴을 매만졌다.

"가, 각하?!"

"쉿, 조용!"

"어떻게 된 겁니까?! 테러라도 당하신 겁니까?!"

"테러라고 하기엔 좀 무리가 있지만, 이상한 일을 당하긴 했지."

그는 경호실장에게 재무 장관을 호출하고 자신을 다시 이탈리아 본국으로 보내줄 것을 요청했다.

"일단 나를 이탈리아로 다시 데려다 주게. 재무 장관은 지금 어디에 계신가?"

"재무관 회의에 참석해 있습니다."

"그를 이곳으로 불러주게. 나는 이탈리아 치료감호소로 가야겠어."

"치, 치료감호소요?"

"그곳에 전문가가 있어."

자모코는 부총리가 변고를 당하면서 그를 치료해 줄 수 있는 전문의를 데려다 상주시켜 놓은 상태였다.

그는 얼마 전부터 시작된 가사 상태의 행동, 그러니까 '이상 행동 증후군'으로 정의한 현상들에 대해 연구하고 있었다.

아마도 그의 말에 따르자면 자모코 역시 같은 상황에 처한 것이 아닌가 싶었다.

'이대로 당할 수는 없다!'

경호실장은 비서실장을 통하여 재무 장관을 이곳으로 부르고 자신은 총리를 수행하여 이탈리아까지 가기로 했다.

"조치를 모두 끝냈습니다. 어서 가시죠."

"그래⋯⋯."

그는 총리를 직접 들쳐 업고 총리 전용 자동차를 타고 G20회의장을 빠져나갔다.

*   *   *

독일 뮌헨의 G20회의장 안.

각국의 정상들이 이탈리아 총리의 행선지에 대해 물었다.

"총리께선 지금 어디를 가셨습니까?"

"이탈리아로 돌아가셨습니다. 아무래도 몸 상태가 안 좋은 것 같습니다."

"다시 본국으로 돌아갈 만큼 상태가 좋지 않다는 말씀이십니까?"

"어쩌면 수술을 받으셔야 할지도 모르겠습니다."

"허어! 그런 몸 상태로 독일까지 오셨다는 말입니까?"

"총리께선 이번 회담으로 전 세계가 겪고 있는 경제 위기를 타파하고 새로운 활로를 물색할 수 있기를 기대하셨습니다. 이 회의를 준비하는 데만 무려 두 달이나 걸렸지요."

"그래요, 루쏘 총리의 굳은 의지에 대해선 우리 역시 잘 알고 있습니다."

평소 루쏘 총리의 굳은 심지에 대해선 그 누구도 반박할 수가 없으니 그저 그의 무사 귀환만 바랄 뿐이다.

"아무쪼록 빨리 쾌차하시길 바란다고 전해주십시오."

"감사합니다."

회의장을 찾은 이탈리아의 재무 장관 루카 리온은 총리를 대신하여 인사를 전하고 양해를 구했다.

그는 총리 대신 자리에 앉아 G20 정상 회의를 이어나갈 예정이다. 하지만 그 역시 팔에 붕대를 감고 있어 어디선가 부상을 입었음을 알 수 있었다.

뮐러 총리가 그의 팔을 가리키며 물었다.

"그런데 그 팔은 어디서 그러신 겁니까?"

"아아, 별것 아닙니다. 며칠 전에 부총리를 만났다가 의도치 않은 사고를 겪었지요."

"그렇군요. 혹시 소독이 필요하시다면 의사에게 말씀하십시오."

"그렇게 하겠습니다."

G20 의장인 캐나다 총리 에반 우드림은 건배사를 마치고 난 후 본격적인 회담에 들어가기로 했다.

그가 의제를 펼치려는 도중 이탈리아의 재무 장관 루카가 갑자기 기침을 하기 시작했다.

"우리 회원국들은 장기적인 경기 침체에 대항하기 위하여……."

"쿨럭쿨럭!"

"괜찮으십니까? 상태가 많이 안 좋으신 것 같은데요?"

"아, 아닙니다. 괜찮습니다."

급격하게 나빠진 그의 안색은 누가 보아도 상태가 안 좋아지고 있음을 방증했다.

결국 G20 회의는 한 시간 후에 다시 개최하기로 했다.

"일단 장관님을 응급실로 옮기고 진찰을 받도록 합시다. 모두 괜찮으십니까?"

"그렇게 합시다. 아무리 회의가 급해도 사람이 먼저 아닙니까?"

각국의 대표들은 그를 응급실로 보내기로 결정했다.

"…전 괜찮습니다."

"일단 들어가서 쉬다 보면……."

"쿨럭쿨럭! 우웨에에엑!"

하지만 그는 급기야 주변에 피를 토해내며 발작을 일으키기 시작했다.

"으허어어억!"

"의사, 의사를 데려오세요! 빨리!"

"예!"

의회장 인근에서 대기하고 있던 응급 의료진이 달려와 그의 상태를 살피기 시작했다.

"쿨럭쿨럭!"

"…심장이 뛰지 않습니다! 심장제세동기를 준비하세요!"

"예!"

갑자기 피를 토하며 심정지에 빠져 버린 그를 바라보는 각국 대표들의 표정이 좋지 않았다.

"도대체 이게 무슨 일입니까?"

"그러게 말이죠."

의사가 심장제세동기로 마사지를 실시했다.

"셧!"

철컹!

몇 번이고 심장마사지를 해보았으나 그는 자리에서 일어날 생각을 하지 않았다.

결국 의사는 직접 손으로 심장마사지를 실시했다.

"하나, 둘, 셋!"

바로 그때, 루카 리온의 몸이 꿈틀거리기 시작했다.

"크헥?"

"장관님, 정신이 좀 드십니까?!"

손전등을 눈동자에 비춰보며 동공의 수축을 확인해 보던 의사가 고개를 갸웃거렸다.

"의식이 있는 것은 아닌 것 같은데?"

"크하아아악!"

루카 리온은 자신의 위에 쪼그려 앉아 있는 의사의 목덜미를 잡고 아래턱이 빠질 때까지 입을 벌렸다. 그리고 그대로 경동맥이 지나는 길목을 정확하게 물어뜯어 버렸다.

꽈드드득!

푸하아아아악!

"끄아아아악!"

"뭐, 뭐야?!"

"경호원! 어서 장관님을 모시세요! 빨리!"

이탈리아의 경호원들이 달려와 그를 붙잡았고, 경련을 일으키던 루카 리온은 사방으로 피를 흩뿌리며 끌려갔다.

"우웨에에에엑!"

"장관님, 정신 차리십시오! 장관님!"

순식간에 아수라장으로 변해 버린 G20 회의장은 회의를 철수시키고 각국의 대표들을 안전 지역으로 대피시키는 데 주력하기로 했다.

하지만 독일의 발 빠른 대처에도 불구하고 도저히 있을 수 없는 일이 벌어졌다.

쨍그랑!

"크아아아악!"

"뭐, 뭐야?!"

"경호팀, 대통령 각하를 모신다!"

"예!"

유리창을 뚫고 들어온 괴한들은 루카 리온과 같이 의식이 없는 상태로 보이는 족족 사람을 공격하기 시작했다.

"크하악!"

뚜두두둑!

마치 살아 있는 인육을 갈구하는 괴물처럼 눈앞에 있는 사람이라면 일단 물어뜯고 보는 괴한들이다.

경호원들은 자신이 담당한 대표들을 수행하는 한편, 위험 요소가 덤벼올 때마다 권총을 난사했다.

탕탕탕!

"크헥!"

"이런 빌어먹을! 최대한 빨리 퇴로를 찾아서 탈출한다!"

"예, 알겠습니다!"

회의장을 찾아오면서부터 준비한 퇴로를 향해 각국의 정상들이 흩어졌고, 그들을 따라서 괴한들이 물밀듯이 달려들기 시작했다.

"끼헤에엑!"

"도대체 이렇게 많은 인원이 다 어디서 튀어나온 거야?!"

독일 총리 요하네스 뮐러를 수행하던 경호실장은 일단 지하로 피신하기로 했다.

"총리님, 지하에 패닉 룸이 있습니다. 그곳까지 가시고 나면 우리 특수부대원들을 투입하여 상황을 정리할 겁니다. 지금 밖으로 나가기엔 무리가 있으니 일단 그곳으로 가시죠!"

"그래, 그럽시다!"

경호실장 리암 슈미트는 비상구가 아닌 멀쩡한 벽에 총을 난사하여 벽을 한 꺼풀 무너뜨렸다.

탕탕탕!

벽이 한 꺼풀 무너지고 나니 그 안에 숨어 있던 비상구가 모습을 드러낸다.

비상구는 한 번에 한 명씩만 들어갈 수 있도록 설계되어 있었고, 리암은 가장 먼저 총리를 그 안으로 집어넣었다.

"들어가십시오!"

"다른 사람들은……."

"일단 총리님의 안전이 우선입니다! 다른 대표들 역시 상황이 여의치 않다 싶으면 같은 곳으로 보내겠습니다!"

"그래요. 알겠습니다."

리암은 가파른 미끄럼틀 형식으로 된 비상구에 패닉 룸 매뉴얼을 꺼내 함께 집어 던졌다.

"혹시 상황이 길어질 수도 있으니 이것을 가지고 행동 강령대로 움직이십시오!"

"알겠습니다!"

이윽고 요하네스 총리가 미끄럼틀을 타고 아래로 내려가자, 그는 비상구의 입구를 틀어막은 후 리모컨으로 자동 폐쇄 장치를 작동시켰다.

쿠구구궁!

이제 이곳은 핵폭탄의 공격에도 결코 열리지 않는 단단한 방호벽으로 둘러싸인 완벽한 밀실이 될 것이다.

리암은 특수부대에게 연락을 취하는 동시에 회의장을 빠져나가지 못한 정상들이 있는지 확인했다.

"여기는 독일! G20의 대표단은 모두 무사합니까?!"

─여기는 미국입니다! 우리는 무사합니다!

─영국도 무사합니다!

—…여기는 캐나다! 지금 우리는 고립되었습니다! 구원을 요청합니다!

—일본 역시 마찬가지입니다!

캐나다를 비롯한 세 개 국가가 위기에 처해 있었고, 나머지 국가의 원수들은 전부 위험 지역을 빠져나간 것으로 보였다.

리암은 경호원들을 이끌고 그들을 구원하기 위해 움직이기로 했다.

"좋습니다! 이제부터 내 말을 잘 들어요! 이 건물의 중앙 엘리베이터 옆에는 오리온자리가 그려진 벽이 있습니다! 그곳의 외벽을 깨부수고 나면 패닉 룸으로 들어가는 슬라이드가 있을 겁니다! 그곳까지 신속하게 이동하여 대표님들을 모실 수 있도록 하십시오! 슬라이드는 한 사람이 내려가면 붕괴되도록 설계되어 있습니다. 그러니 대표님들을 구출한 나머지 요원들은 저와 함께 옥상으로 대피하여 활로를 모색합시다!"

—알겠습니다!

상황이 급박하게 돌아가고 있긴 했지만 G20 회의장이 패닉 룸 위에 있어서 국가원수들의 신변은 안전하게 보호할 수 있게 되었다.

문제는 이제부터 경호원들은 어떻게 살아남느냐 하는 것이었다.

"옥상으로 가면서 위기에 처한 사람들을 구출한다!"

"예!"

리암은 40명의 경호원을 이끌고 비상구로 향했다.

＊　　　＊　　　＊

명화방은 천하마술단의 거처를 모두 없애고 최근에 일어난 라이트플라워 아파트 사건을 정리하고 난 후 전열을 가다듬었다.

그들이 천하마술단의 본거지를 급습했다고 생각했을 때, 얼마 지나지 않아 후위무림맹이 습격을 해왔다.

이 두 가지 사건이 이어지는 동안 천하마술단은 조금 더 큰 그림을 그리고 있었다.

그들은 G20회의에 속한 총리와 부총리를 감염시키고 그로 인하여 내분을 조장하고 외부에서 악의 시종들을 끌어모을 수 있는 시간을 벌었다.

한마디로 지금까지 일어난 일들은 전부 이번 사건을 위한 물밑 작업이었던 것이다.

악의 시종 1천 마리가 동원된 이번 사태는 1차 습격에 이어 2차, 3차 습격이 차례대로 이어지고 있었다.

페스카라 시장이 사라지고 난 후 그의 주변을 철저하게 감시했다고 생각하던 명화방은 큰 충격에 빠질 수밖에 없었다.

시장만 감시한다고 해서 될 일이 아니었고, 그가 누군가를 만나서 밀담을 나누는지 감시하는 게 중요했던 것이다.

하나 이것들은 워낙 비밀스러운 고위 관료의 행보를 철저히 추격하는 일이기에 사실상 불가능하다고 볼 수 있었다.

뒤늦은 수습이긴 하지만 명화방이 이제 일선에 나서야 할 때가 온 것이다.

태하는 고수 200명과 조직원 300명을 동원하여 G20 행사장 인근을 수색하여 천하마술단원들을 추격하고 악의 시종들을 사살하기로 했다.

G20 회의장이 있는 뮌헨으로 명화방의 고수들과 제노니스의 조직원들이 몰려가고 있다.

"명심하세요! 놈들은 인간이 아닙니다! 저 안에 들어가면 아수라장이 되어 있을 테니 아니다 싶으면 그냥 모두 사살하세요!"

"예, 알겠습니다!"

태하는 지금 회의장 안에서 멀쩡히 돌아다닐 수 있는 사람은 거의 없다고 판단하고 있었다.

그렇지만 G20 회의를 개최할 정도의 건물이라면 뭔가 최후의 보루 정도는 있을 것이라고 생각했다.

그는 가장 먼저 회의장 옥상으로 올라가 차근차근 해결해 보기로 했다.

조직원들은 지하에서 천하마술단을 쫓기로 하고, 명화방의 고수들은 태하를 따라서 모두 옥상으로 올라갔다.

파바바밧!

경공술을 펼쳐 건물 옥상에 닿은 태하는 옥상 문을 굳게 걸어 잠근 경호원들을 발견할 수 있었다.

쿵쿵쿵!

"이런 제기랄! 어서 막아요!"

"이러다가 모두 다 죽는 것 아닙니까?!"

"지금 GSG−9이 이곳으로 오는 중이랍니다! 조금만 더 참아요!"

태하는 200명의 고수를 대동한 채 경호원들에게 다가갔다.

"모두들 괜찮습니까?"

"허, 허억! 언제 우리 뒤로……?"

"우리는 당신들을 구하기 위해 온 사람들입니다. 대표님들은 안전하게 피신하신 겁니까?"

"일본 총리께서 아직 안에 계십니다. 하지만 괴한들이 워낙 넘쳐나고 있어서 어찌할 도리가 없군요."

"그분께서 계신 곳이 어디입니까?"

"15층입니다만, 이미 돌아가셨을 가능성이 높아요."

"그래도 생환을 기대해 볼 수는 있는 것 아닙니까?"

태하는 고수 50명을 이끌고 15층으로 향했다.

"위지성현 이사님."

"예, 천검진 님."

"이사님께서 수고를 좀 해주셔야겠습니다. 이곳에서부터 차근차근 놈들을 없애주십시오."

"잘 알겠습니다."

경호원들은 갑자기 들이닥쳐 상황을 처리하겠다며 나서는 명화방의 고수들을 이해할 수 없다는 듯이 쳐다보았다.

"누구인지는 몰라도 왜 이런 난리에 끼어들겠다는 겁니까?"

"당신들을 습격한 놈들은 우리에게도 심각한 적입니다. 그러니 우리가 나서는 것이 당연하죠."

"무슨 말인지는 모르겠습니다만, 우리를 도와준다니 한번 믿어보지요."

태하는 경공술을 펼쳐 15층으로 향했다.

"갑시다!"

파바밧!

로프나 와이어 없이 건물 아래로 몸을 던지는 그들을 바라보며 경호원들은 경악에 찬 표정을 지었다.

"가, 갑자기 무슨 짓입니까?!"

"괜찮아요. 저분들은 원래 저렇게 행동합니다."

경호원 중에서 몇몇이 건물 아래로 고개를 내밀어본다.

쨍그랑!

"15층으로 들어갔어?!"

"허, 허어!"

위지성현은 이제 자신이 맡은 임무에 충실하기로 했다.

"저희들이 문을 열 테니 여러분은 우리의 뒤에 서서 엄호해 주시면 됩니다."

"뭘 어쩌겠다는 건지……."

그는 경호원들의 말이 끝나기도 전에 문을 열어버렸다.

철컹!

"이, 이런 젠장?!"

"돌격!"

검과 창, 활을 든 고수들이 전방으로 내공을 난사하기 시작했다.

"절륜창격!"

차라라라라락!

위지세가의 절륜창법의 비기인 절륜창격이 전방에 직경 2미터의 원을 그리며 빠르게 날아갔다.

퍽퍽퍽퍽!

악의 시종들은 그 공격에 속수무책으로 죽어나갔고, 궁술의 명가 초씨들이 티타늄과 강철 합금으로 만든 활을 당겼다.

핑핑핑!

그들이 사용하는 화살의 몸체는 강화플라스틱으로 되어

있고 화살촉은 티타늄 합금으로 이뤄져 있었다.

초씨세가의 고수들이 내력을 불어넣어 당긴다면 족히 50미터는 힘을 잃지 않고 날아갈 것이다.

위지세가와 초씨세가의 절묘한 팀워크를 통하여 주변은 빠르게 정리되기 시작했다.

대략 5분 만에 100구가 넘는 시신을 만들어낸 위지성현은 거침없이 아래를 향해 진격했다.

"갑시다!"

"예!"

경호원들은 지금 자신들의 눈앞에 펼쳐진 광경을 바라보며 넋을 놓았다.

"이, 이게 도대체 무슨……."

"어디선가 들어본 적이 있습니다. 초인적인 무력을 가진 집단이 골치 아픈 사건을 해결하고 다닌다고요."

"그렇다면 설마 저들이 그 소문의 초인들이란 말입니까?"

"그럴 가능성이 높지요."

"흐음……."

"아무튼 저들을 따라서 내려가 봅시다."

권총을 든 경호원들 역시 고수들을 따라서 아래로 내려가기 시작했다.

회의장 15층 복도로 들어선 태하는 보이는 족족 악의 시종들을 베어나갔다.

"천검진, 파공쇄절!"

촤라라라락!

250개의 검이 회오리처럼 맹렬히 회전하며 전방으로 쏘아져 나가 악의 시종들을 사정없이 쓰러뜨렸다.

태하는 그 뒤를 이어 달리면서 일본 총리를 불렀다.

"총리님! 어디에 계십니까?!"

사자후가 섞인 그의 음성은 방호벽에 가로막혀 있다고 해도 충분히 들릴 정도였다. 하지만 그의 목소리를 들은 악의 시종들은 더욱더 흥분하여 맹렬히 돌진해 왔다.

"크하아아아악!"

"아무리 대가리에 든 것이 없다고 해도 무식하기 짝이 없군!"

태하는 계단을 타고 올라오는 악의 시종들에게 장을 쳤다.

"마권장!"

콰앙!

"끄이에에엑!"

단 일격에 100마리가 넘는 악의 시종이 죽었지만 오히려 그

숫자는 점점 더 늘어가고 있는 실정이었다.

태하는 일단 입구를 막고 총리를 찾아보기로 했다.

"계단을 끊어버립시다!"

"예!"

쿠르르르룽, 콰앙!

50명의 내공이 한 곳에 집중되어 계단을 무너뜨려 버리자 악의 시종들은 더 이상 위로 올라오지 못하고 그 자리를 맴돌았다.

"갑시다!"

과연 총리가 어디로 숨어들었는지 찾아내기 위해선 태하의 내력이 반드시 필요했다.

그는 그 자리에 가부좌를 틀고 앉아 사방으로 진기의 파장을 퍼뜨리기 시작했다.

"후우!"

고수들은 그 주변을 지키면서 달려드는 악의 시종들을 처치할 뿐 아직까진 그 어떤 행동도 취하지 않았다.

바로 그때, 태하가 눈을 떴다.

"찾았다!"

"어디입니까?"

"15층 화장실 천장입니다! 천장에 생명의 숨결이 느껴집니다!"

태하는 고수들을 대동한 채 복도 끝에 있는 화장실로 들어갔다.

콰앙!

화장실 문을 열고 들어가니 대략 15마리의 악의 시종이 한 지점을 향해 팔을 뻗고 있었다.

"우어어어어……!"

"사, 살려주세요!"

"총리님?!"

"예, 그렇습니다!"

태하는 15마리의 악의 시종을 단칼에 베어버렸다.

촤락!

"끄엑!"

"괜찮으십니까?"

"다, 당신들은……."

"지금은 그런 것보다 이곳을 빠져나갈 궁리부터 하시죠."

"그, 그럽시다!"

그는 무전을 통하여 가장 안전한 지역이 어디인지 물었다.

"경호실장님, 혹시 이곳에서 가장 안전한 지역이 어디인지 아십니까?"

―엘리베이터 옆벽을 부수면 패닉 룸으로 내려가는 장치가 있습니다.

"아하, 그렇군요."

태하는 복도로 나와 중앙 엘리베이터 옆 벽면을 허물어 버렸다.

콰앙!

그는 슬라이드 안으로 그를 밀어 넣었다.

"들어가십시오."

"자, 잠깐……."

"시간이 없어요. 또 저들에게 쫓기고 싶은 겁니까?"

"아, 아닙니다!"

총리는 패닉 룸 안으로 들어가기 전에 먼저 태하의 이름을 물었다.

"선생님의 성함은……."

"김태하입니다. 나중에 자세한 얘기를 하시지요."

그는 총리를 슬라이드 안으로 집어넣은 후 길을 나섰다.

＊　　　＊　　　＊

이탈리아 총리 관저 앞.

수척한 얼굴로 G20 회의에서 돌아온 자코모 루쏘는 사색이 된 채 달려 나온 아내를 맞았다.

"여, 여보!"

"…집안에 별일 없소?"

"우리는 괜찮아요! 그보다 당신, 어떻게 된 거예요? 정말 괜찮은 건가요?"

"나는 괜찮소."

그녀는 자코모에게 지금 정상회담 회의장에서 일어나고 있는 일들에 대해 물었다.

"정말 간담이 서늘했어요. 당신이 어떻게 되는 줄 알았거든요."

"회의장이 쑥대밭으로 되었다는 소리는 들었소. 도대체 뭐가 어떻게 돌아가는 것인지……."

자코모의 아내 이사벨라는 미리 싸둔 그의 짐과 위치 추적이 불가한 핸드폰 하나를 건넸다.

"받아요. 미리 챙겨두었어요."

"…함께 가는 것이 어떻겠소?"

"안 그래도 아이들을 전부 내보내고 나 혼자 남아서 당신을 기다리던 참이에요."

"고맙구려."

"어서 가요. 도련님이 기다리고 계세요."

"그래요. 갑시다."

자코모 루쏘는 국립 치료감호소에서 의사로 일하고 있는 동생 마테오에게 자신의 상태를 보이고 상담을 받을 예정이다.

지금 이탈리아에 자신 말고 이 사태를 수습할 사람이 없다는 것이 마음에 조금 걸리긴 하지만, 이대로 목숨을 잃는 것보다는 나을 것이다.

그는 이탈리아 국립 치료감호소로 향했다.

이탈리아 로마의 외곽에 위치한 이탈리아 국립 치료감호소는 지하에 그 기반을 두고 있었다.

자코모의 동생 마테오는 형이 도착했다는 소식을 듣자마자 한달음에 달려 나왔다.

"큰형님!"

"…미안하구나. 이런 모습을 보여서."

"아닙니다. 그나저나 어쩌다가 이리 되신 겁니까?"

"부총리와 비밀 회동을 가지던 날에 변을 당했어. 그냥 팔 한 번 물린 것 같았는데, 이렇게까지 될 줄은 몰랐지."

"괜찮습니다. 금방 좋아질 겁니다."

자코모가 결혼하던 시절, 그는 한창 이탈리아에서 인권운동을 벌이고 있었다.

이탈리아 내부에서 인권 운동 자체는 그리 큰 문제가 되지 않지만, 그는 여러 언론사들을 두루 돌아다니며 보수 정권과 부패 정치인들을 깎아내리는 글을 자주 쓰고 다녔다.

매번 자신의 얼굴에 똥칠을 해대는 자코모를 좋게 볼 리가 없던 보수 정권은 언론계의 자경단이라 불리는 그를 잡기 위해 갖은 수단과 방법을 다 동원했다.

하루가 멀다고 쫓겨 다니던 도중에도 그는 아내와의 사랑을 꽃피웠고, 결혼을 약속하게 되었다.

그런데 문제는 그가 도망자 신세라서 파블라토스 성씨를 그대로 사용하면 꼬리를 잡혀 아내와 자신 모두가 위험해질 수 있다는 점이었다.

해서 자코모는 일종의 위장 전술로써 아내의 성씨를 따라 혼인신고를 해놓고 부부의 연을 맺은 것이다.

물론 루쏘 일가가 후일에 자코모와의 결혼으로 입은 타격도 적지는 않았지만, 그들 역시 같은 법조인으로서 자코모를 흠모하고 있었다.

젊은 자코모의 굳은 의지를 관철시키고 끝까지 그를 믿어준 사람은 다름 아닌 장인 마르첼로 루쏘였다.

그는 로마 대법원장의 직위를 내려놓으면서까지 사위를 밀어준 대단한 의지의 장인이였다.

자코모는 지금도 존경하는 사람의 이름을 거론할 때 항상 장인 마르첼로 루쏘를 이야기하곤 했다.

지금 현재 그의 성씨가 루쏘라는 것은 온 국민이 다 알고 있는 사실이지만 파블라토스라는 성을 가졌었다는 사실은 잘 알려지지 않은 일이다.

그가 결혼을 할 때까지만 해도 인터넷이라곤 아예 상상조차 할 수 없었기 때문에 전산이 아닌 모두 수기로 행정 절차를 처리했다.

때문에 당시의 언론들은 그가 루쏘라는 성을 가졌다는 것만 알고 있지 결혼 전에 무슨 성을 사용했는지는 잘 알려져 있지 않았다.

더군다나 그의 생가가 이탈리아의 대부호인 파블라토스라는 사실은 자코모의 정치 이력과 그리 맞아떨어지는 내용도 아니었다.

그러한 이유로 그는 지금까지도 그저 자코모 루쏘라는 이름만 알려져 있었고, 파블라토스라는 사실은 까마득히 잊힌지 오래였다.

그나마 그의 가족들이 자코모가 파블라토스 가문의 장남이라는 사실을 알고 있을 뿐이다.

자코모의 다섯째 동생 마테오는 생체 병리학과 해부학, 내분비 내과 등의 지식을 두루 갖춘 치료감호소 소속 의사였다.

그는 전 세계를 돌아다니면서 의료봉사로 쌓은 지식과 국제 의사 협회와 교류하면서 얻은 자료들을 바탕으로 현재 문제가 되고 있는 이상행동 장애를 연구하고 있었다.

이상행동 장애는 그가 젊은 시절에 아프리카에서 몇 번이고 본 적이 있는 현상으로, 주로 젊은 여성이나 어린 아이들에게 많이 나타났었다.

그러나 지금은 건장한 남성에게도 나타나고 있었으며 그 증상이 예전에 비해 훨씬 더 지독하고 악독하게 변해 있었다.

마테오는 자신의 혈청으로 만든 백신을 자코모 루쏘에게 주입시켰다.

푸욱!

"좀 아프실 겁니다."

"<u>크으으으윽!</u>"

주입과 동시에 온몸이 타들어가는 듯한 고통에 휩싸인 자코모는 대략 5분 후에야 정신을 차릴 수 있었다.

"후우, 죽을 뻔했네."

"제 혈청으로 만든 백신입니다. 아직 다른 성질의 혈청에 대해 공격성을 띠는 부작용이 있습니다만, 우리는 같은 핏줄이라서 별 상관이 없을 겁니다."

예로부터 파블라토스 가문은 철의 장사꾼, 강철로 만들어진 피 등의 별명으로 불렸었다.

그만큼 피가 억세고 질긴 파블라토스 가문은 다른 사람들에게 피를 나누어 줄 때에도 철저한 검사를 거쳐야만 했다.

하지만 피가 진한 만큼 같은 가문의 일원끼리는 피를 나누어도 전혀 이상이 없었던 것이다.

마테오는 이상행동 증후군을 연구하던 세계 의사 협회 동료들과 대학 동기, 동네 친구 등 무려 50명이나 되는 지인과 동료를 잃었다.

각 분야의 전문가들과 함께 전 세계를 돌아다니며 의료봉사를 하고 이상행동 증후군의 시료를 모으고 다닌 그는 각종 위험에 직면했다.

이상행동 증후군이 퍼진 동네에서 그들에게 물려 감염된 사람들은 어김없이 피를 토하며 죽어가다가 다시 깨어나 주변 사람들을 공격했다.

그 과정에서 마테오는 자신이 아는 모든 사람을 잃고 이제는 홀로 남아 연구를 계속하고 있었다.

그런데 그가 그 모진 세월을 버티면서 얻은 것이 있었으니, 그것은 바로 파블라토스 가문의 피에 이상행동 증후군을 물리치는 항체가 있다는 것이었다.

혈액으로 일어나는 모든 병리학적 반응에서 자유로운 파블라토스 가문은 심지어 20세기의 흑사병이라 불린 에이즈마저도 물리쳤다.

다만 그것을 백신으로 만드는 연구가 워낙에 난해해서 지금까지 신약을 발표하지 못했을 뿐이다.

마테오는 이상행동 증후군에 걸린 환자들에게 무려 45방이나 물렸다가 기적적으로 살아났는데, 그때 그는 자신에게 항체가 있다는 사실을 처음으로 깨달았다.

그 이후 그는 가족과 친척들의 피를 모두 수집하여 연구하였고, 결국 그들 모두에게서 항체와 항원을 발견했다.

다만 그 항체와 항원이 약한 사람들이 있는데, 그 사람 중 한 명이 바로 자코모였던 것이다.

물론 자코모 역시 집안의 피로 만든 항체를 한 방 맞고 나면 금방 치유가 되는 사람이기 때문에 큰 문제는 없었다.

백신을 처방 받고 이상행동 증후군의 위협에서 벗어난 자코모는 이제 수액 요법으로 몸을 회복하고 나면 완벽하게 치유될 것이다.

하지만 문제는 자신을 제외한 사람들이었다.

"이 백신을 상용화하는 데 얼마나 걸릴까?"

"글쎄요, 한 반년?"

"사태가 심각한데……."

"최대한 노력은 해보겠습니다. 하지만 기대는 하지 마세요."

"그래, 알겠다."

마테오는 형을 부축하여 수액을 처치할 수 있는 병실까지 동행했다.

*   *   *

일본 총리를 구출한 태하는 차례대로 계단을 내려가면서 컨벤션 센터를 가득 채우고 있던 악의 시종들을 해치워 나갔다.

"건곤일식, 파!"

콰앙!

보이는 족족 악의 시종들을 해치우던 태하에게도 슬슬 한계가 오기 시작했다.

"벌써 몇 시간째인지 모르겠군. 이러다 내력이 고갈되겠어."

북해빙궁과 같이 내력을 수시로 보충할 수 있는 곳이 있다면 몰라도 지금과 같이 밀폐된 공간에선 제아무리 태하라도 어쩔 도리가 없었다.

그는 독일 경호팀에게 전문 테러 진압반의 도입에 대해 물었다.

"도대체 구원 병력은 언제쯤 오는 겁니까? 이러다 우리까지 다 죽겠습니다."

"지금 근방에 도착하긴 했습니다만, 워낙 적의 숫자가 많아서 이곳으로 진입이 어렵다는 것 같습니다."

"흐음."

과연 이렇게 많은 악의 시종들을 도대체 어디서 구한 것인지, 태하는 비단 놈들을 죽여서 해결될 문제가 아니라고 생각했다.

그는 일단 이곳에서 각국의 대표들을 데리고 탈출한 후 주변을 봉쇄하고 건물을 폭파시킬 것을 제안했다.

"아무래도 생각보다 적이 너무 많은 것 같습니다. 이곳을 폭파시키는 방법을 생각해 보시는 편이 좋겠네요."

"저희들도 그럴 생각입니다만, 패닉 룸에 갇혀 있는 총리님들을 생각하면 쉽사리 결정할 문제가 아닌 것 같습니다."

"그렇다면 지하로 무사히 내려갈 수만 있다면 폭파 작전을 고려할 수도 있다는 뜻이군요."

"예, 그렇다고 보셔도 됩니다."

그는 경호실장에게서 받은 도면을 펼쳐 건물의 구조에 대해서 살폈다.

"저놈들에게서 자유롭게 행동할 수 있는 방법은 엘리베이터를 타고 내려가거나 건물 외벽을 따라 내려가는 겁니다. 하지만 두 가지 모두 그리 쉬운 일은 아니죠."

"그럼 어떻게 합니까?"

"엘리베이터를 추락시키면 됩니다."

"에, 엘리베이터를 추락시키다니요?"

"말 그대로입니다. 엘리베이터를 타고 내려가기는 힘드니 차라리 엘리베이터를 추락시키고 그것을 따라서 내려가자는 말입니다."

"아니, 그러니까 그게 어떻게 가능한지 묻고 있는 겁니다."

"가능해요. 벽을 타고 내려갈 수 있는데 엘리베이터를 타고 내려가는 것이 왜 불가능하다고 생각하십니까?"

"아아······!"

태하는 엘리베이터를 타고 내려갈 작전을 세우기 시작했다.

외전. 외지인

유그라드 대륙력 815년.

대륙 최강의 기마 군단 칼리어스 제국이 루멘트 왕국을 상대로 전쟁을 선포하고 주변 국가 5개국에 대한 병탄을 선언했다.

이로써 첨예하게 대립하고 있던 제국주의와 평화주의가 충돌하게 된 것이다.

칼리어스 제국의 황제 칼번은 자신이 지금까지 쌓아온 모든 것을 이 전쟁에 쏟아내기로 했다.

그는 철갑기마병 55만과 보병 200만, 해군 150만을 동원하여 루멘트 왕국과 그 연합군 5개국을 일순간에 쓸어버릴 계획을 세우고 있었다.

유그라드 대륙에 인간이 기틀을 잡고 대륙력을 작성한 지 팔백여 년, 인류의 문화가 통합되기 전의 삼천 년까지 합산한다고 가정한다면 사천 년에 가까운 시간이 인간에게 주어졌다.

그 사천 년 동안 이렇게까지 많은 병력을 동원한 전쟁은 단한 번도 없었으며 이러한 계획을 세운 사람 또한 없었다.

사가들은 칼번을 정신 나간 전쟁광이라고 손가락질하면서도 유일무이한 정통 전제군주라고 치켜 세웠다.

역사의 진정성만을 기록하고 비판해야 하는 사가들이 이렇게 두 갈래 노선을 고집할 정도로 칼번의 영향력은 대단한 것이었다.

루멘드 왕국의 총사령관 카미엘은 이 전쟁에서 이길 수 있는 방법은 병법에 뛰어난 장수들을 품에 안고 옹성 뒤에서 농성을 벌이는 일뿐이라고 생각했다.

카미엘은 대륙 최강의 검사임과 동시에 유일한 마검사로서 명성이 드높은 불세출의 영웅이었다.

그는 자신이 쌓은 오랜 노하우를 총동원하여 작전을 짰다.

아무리 기병대의 돌파력이 좋다곤 해도 성벽을 뛰어넘는

일은 상당히 힘든 일이기 때문에 지금 이대로 병력을 유지하고 농성을 벌인다면 400만이 아니라 500만의 군사가 들이닥쳐도 능히 막아낼 수 있을 것이다.

하지만 문제는 400만이라는 이 엄청난 군사들이 한 길로만 들이닥치는 것이 아니라는 점이다.

그들은 방어가 취약한 지역만을 골라 보병들을 파견하여 점령하고 바다로 기병들을 실어 나르며 기습전의 형태를 취하고 있었다.

불과 몇 천의 병사만으로도 흔들릴 수 있는 기습전에 55만이나 되는 기병이 동원되니 루멘트 연합군은 하루가 멀다 하고 매번 패배를 거듭할 수밖에 없었다.

더군다나 가장 심각한 문제는 루멘트 왕국은 물론이고 동맹국 5개 왕국 모두 중앙 집권 체제가 제국에 비해 약하다는 점이었다.

중앙 집권 체제가 힘을 발휘하는 상황에서라면 병력 동원과 물자 동원이 손쉽겠으나 왕권보다 귀족의 권한이 더 커진 지금에선 그게 말처럼 쉬운 일이 아니었다.

칼리어스 제국은 절대왕권이 이미 성립되어 황제를 중심으로 모든 권력이 집중되어 있기 때문에 400만이나 되는 병력을 동원할 수 있었던 것이다.

각 영지에서 키워낸 기사단과 영지군은 황제의 명령 한 번에 한 명도 빠짐없이 징집되어 전쟁에 나왔다.

칼번은 귀족들에게 권력과 부귀영화를 나누어 준 대신에 절대적 권한으로 병권을 틀어쥔 것이다.

그가 병권을 틀어쥠에 따라 사병의 형태이던 영지군은 정규군으로서 엄청난 재정적 지원을 받으면서 훈련되었다.

재정적으로 풍족하던 군부는 병사들을 체계적으로 관리하고 배불리 먹이면서 정병으로 육성해 낼 수 있었다.

지금 전쟁이 일어나고 있는 이 판국에 양쪽 진영을 비교한다면 소작농과 직업군인의 싸움이다.

더군다나 칼리어스 제국은 노예가 없는 유일한 나라였다.

이것은 전군의 직업군인화를 뜻하는데, 제국군은 말단 병졸부터 사령관까지 모든 사람이 자유인으로 이뤄져 있었다.

물론 제국 전체가 자유인으로 이뤄져 있기 때문에 생산 활동에도 그만한 메리트가 주어지는 것이다.

이 모든 것을 가능케 한 것 또한 황제의 수완이다.

그동안 제국은 영토를 넓히고 이곳저곳 병탄만 한 것이 아니라 그곳을 완벽하게 흡수하여 재정적 기반까지 탄탄히 다져 온 것이다.

한마디로 칼번은 이미 전쟁을 치르기 위해 만반의 준비를 모두 다 갖추고 있었을 뿐만 아니라 제국의 정치적 기반과 내정을 모두 안정시켜 두었던 것이다.

유그라드 대륙 중앙 지역 피레니아로 제국군의 총사령관이
자 황제인 칼번과 연합군의 총수 카미엘이 마지막 협상 테이
블에 앉았다.

칼번이 이들에게 요구하는 것은 무조건적인 복종과 국가의
주권을 포기하고 제국에 흡수되는 것이었다.

만약 이 협상에서 카미엘이 주권을 포기하게 된다면 지금
의 왕족은 모두 작위를 박탈당하고 새로운 총독이 각 국가를
다스리게 될 것이다.

하지만 칼번은 이들에게 무조건 채찍만 휘두르는 황제가 아
니었다.

그는 이들에게 아주 파격적인 제안을 했다.

"전 국토를 모든 백성에게 골고루 나누어주고 제국법에 따
라 균등한 재정 지원을 받을 수 있을 것이다. 또한 귀족들의
땅을 몰수하는 대신 그들을 제국의 신하로 맞이하여 공공 관
료로 삼을 것이다."

"…왕정주의가 아닌 자유주의를 채택하겠다는 말이오?"

"제국은 노예제도를 혁파한 최초의 국가이다. 사람은 법 앞
에서 모두 평등하다. 작위는 그저 작위일 뿐, 그들은 그저 제
국에 충성하는 신하일 뿐이라는 소리다. 짐 역시 국가에 귀속
된 제국군이자 제국의 일원이다. 이것은 제국을 이루는 단 하

나의 진리이다."

칼번의 칼리어스 제국은 제국주의와 함께 일부 민주주의를 채택하고 있는 이중 노선을 고수하고 있었다.

이것은 지금까지 칼리어스가 부강한 나라가 되기 위해 국론을 통합하고 귀족주의를 혁파한 노력의 결실이었다.

아마도 칼번의 절대왕정이 이상주의로 나아가지 않았다면 이런 일은 결단코 일어나지 않았을 것이다.

그는 다시 한 번 카미엘에게 협상을 제안했다.

"마지막으로 묻겠다. 그대들의 나라를 우리 제국에 귀속시키고 함께 꿈의 나라를 건설하겠는가, 아니면 피로 얼룩진 혈옥을 이 땅에 재림시키겠는가?"

"……."

사실 카미엘은 말단 노예에서부터 사령관까지 올라온 유일무이한 사람이다.

그는 자신이 겪은 모진 고통과 그 억겁의 세월을 자식들에게 물려주기 싫어서 악착같이 살아왔지만, 지금껏 칼번처럼 노예제도를 혁파하겠다는 생각은 해본 적이 없었다.

물론 칼리어스 역시 처음 노예제도를 혁파하고 일부 민주주의를 시현하면서 수많은 시행착오를 거쳤다.

하지만 그 이상주의는 대대로 무려 열 명의 황제에게 전해져 지금의 나라를 만든 것이다.

칼번은 그 열 명의 황제 중에서도 단연 가장 뛰어난 황제이며 현실에 입각한 이상주의를 실현하는 제대로 된 정치인이었다.

카미엘은 칼번의 사람 됨됨이를 익히 잘 알고 있었으나, 제국주의를 받아들이는 일은 결코 할 수가 없었다.

"나라가 종교가 되고 나라가 인간의 모든 것이 될 수는 없다. 이것이 바로 내가 원하는 이상이다."

"…답답한 사람이군. 사람이 사람 위에 군림하는 것은 이상을 이루기 위한 도구, 이 하나면 충분하다. 우리의 최종 목표는 공화정치이다. 만약 전 대륙이 하나의 나라로 통합되고 국민들이 나라를 만들고 자유로이 이끌 수 있다면 얼마나 살기 좋은 세상이 되겠는가? 그 나라에선 전쟁도 없고 기아도 없고 차별도 없다. 능력만 있다면 누구든 출세할 수 있고 노력하는 만큼 돈을 벌 수 있다."

"……"

"그에 비해서 지금 너희들의 귀족주의를 한번 봐라. 일률적이지 않은 세금과 고리, 착취, 악화된 경 노동성은 떨어지고 나라는 점점 먹고살기 힘들어지고 있지. 기아는 창궐하고 아비가 자식을 팔아먹는 세상이 펼쳐지고 있다. 이것이 과연 피를 흘려 지킬 가치가 있는 세상인가?"

카미엘은 자신이 지금까지 겪은 모든 것이 주마등처럼 스쳐 지나갔다.

그는 칼번의 질문에 더 이상 대답을 할 수가 없었다.

"제국주의를 혁파한다… 그래, 제국주의를 혁파할 수도 있겠지. 하지만 이 태평성대를 이룩할 수 있는 것은 오로지 청렴한 황제와 그 집권 세력에서부터 나온다. 나라의 뿌리와 같은 황제가 권력을 하나로 집중시키고 관료들의 국론을 오로지 제국으로 집중시켜야 한다. 이것이 바로 우리 칼리어스가 지금까지 존립할 수 있는 비결이다."

지금까지 수많은 나라가 생겼다가 사라졌지만 칼리어스처럼 완벽한 이상과 체제를 가진 나라도 없었다.

물론 고인 물은 반드시 썩게 마련이다. 하지만 언젠가 칼리어스가 무너진다고 해도 그들이 이룩한 업적은 역사에 남을 것이다.

칼번은 카미엘을 끝까지 회유하려 했다.

"혁명은 지식인 한 명이 이룩하는 것이다. 이 세상의 아무리 좋은 이념이라도 그것을 실천으로 옮기는 지식인이 없다면 모두 허사가 된다."

"……"

"자, 결정해라. 그대는 이상주의인가, 아니면 썩어 빠진 귀족주의자인가?"

카미엘 역시 지금까지 자신이 이루어온 모든 것을 빼앗기는 이 협상이 껄끄러웠지만, 백성을 위해서라면 오히려 나라를 뒤엎는 것이 나을지도 모른다고 생각했다.

하지만 그가 망설이는 단 한 가지 이유는 바로 제국주의가 변절되었을 때의 경우였다.

이상주의로 건설된 제국이 변절되는 날엔 지금보다 훨씬 더 살기 힘든 세상이 될 것이기 때문이다.

그는 고뇌에 빠져들었다.

"후우……."

"전사로서, 아버지로서 결정해라. 옳은 결정은 칼끝에서 나오는 것이 아니라 가슴에서 나오는 것이다."

가만히 칼번을 바라보던 카미엘이 이내 입을 열었다.

"…나는 내 조국을 사랑한다."

"……?"

"제국주의의 개가 되느니 차라리 이곳에서 그냥 목을 매달고 죽고 말겠다."

"진심인가?"

"그대의 이상과 배포는 인정하지. 하지만 우리는 결코 제국주의에 굴복할 수 없다."

"결국 썩어 빠진 그 알량한 권력을 내려놓을 수 없다는 뜻이군. 진정한 민주주의를 보고 싶은 생각이 전혀 없는 것인가?"

"진정한 민주주의를 실현하려면 군대부터 해산하는 것이 좋을 것이다. 힘으로 이룩한 정권은 반드시 무너지게 되어 있다."

"생각이 짧은 사람이군. 내가 사람을 잘못 보았다."

칼번은 뒤도 돌아보지 않고 협상 테이블에서 물러났다.

"각오하는 것이 좋다. 제국에 반항하는 자들이 어떻게 되는지 뼈저리도록 느끼게 해줄 것이다."

"……"

그는 기병대와 함께 돌아갔고, 카미엘은 이제 슬슬 떨어지지 않는 발걸음을 떼려 했다.

*   *   *

개전 한 달 후, 칼리어스 해군은 연합군 3개 왕국을 굴복시키고 그 왕족들을 모조리 참수하였다.

또한 해당 국가의 귀족들을 전부 처형시키고 탐관오리들을 잡아다 고문하여 사유재산을 전부 몰수하였다.

칼번은 지금까지 각 왕국에서 거두어들인 식량과 재화를 국민들에게 체계적으로 배분시켜 주고 그 대가로 제국에 대한 충성 맹세를 받았다.

국민들은 제국의 시민으로 거듭남과 동시에 기아에서 탈출하여 한 줄기 빛을 안을 수 있게 되었다.

칼번의 이러한 행보는 병탄을 당한 국가들에서 엄청난 지지를 받았고, 그는 거의 신적인 존재로 추앙받게 되었다.

지금까지 칼리어스가 쌓아온 제도적 이점과 이상은 굶주린 백성들의 심장을 제대로 저격했다.

카미엘은 여전히 성문을 굳게 걸어 잠근 채 버티고 있었으나, 언제 성문이 뚫려 살육이 번질지 아무도 몰랐다.

더군다나 루멘트의 백성들은 고립된 성에 기거하느라 극심한 굶주림에 시달리고 있었기 때문에 풀 한 포기에 이름을 팔 지경이었다.

백성들 사이에선 칼리어스에게 투항하자는 의견이 조금씩 고개를 들고 있었고, 왕국은 그러한 조짐이 발각되는 즉시 그들을 사살하여 일벌백계하였다.

하지만 한번 일어난 개혁의 물결은 점점 왕국을 잠식해 나가고 있었다.

화르르륵!

"제국으로 나아가자! 그게 우리가 살 길이다!"

"와아아아아아아!"

카미엘은 루미에트 백작령에서 일어난 관공서 습격 사건 및 백작성 피탈 사건을 멀리서 지켜보고 있었다.

불에 탄 백작성에는 참수당한 백작가의 수급이 걸려 있었고, 영지군의 병영에는 제국군의 깃발이 걸려 있었다.

카미엘의 부관 엘란트라는 믿을 수 없다는 표정이었다.

"…장군, 아무래도 세상이 미쳐 돌아가는 모양입니다. 어찌 자신들을 먹여주고 키워준 영지를 불태울 수 있는지 모르겠습니다."

"저들도 당할 만큼 당한 것이지. 세금으로 6할이나 뜯기고 고리로 2할이나 떼어주고 나면 남는 것이 없는 자들이다. 지금까지 배가 고픈 것도 모자라 없는 살림에 비축 식량까지 군량으로 빼앗기고 나니 정신이 나간 것이지."

"……"

카미엘은 저들이 왜 저렇게 영지를 짓밟으며 환호하는 것인지 너무나도 깊이 공감할 수 있었다.

때문에 국가의 명령으로 저들을 벌한다는 것 자체가 상당히 쓰라리고 아팠다.

엘란트라가 카미엘에게 부복했다.

척!

"명령을 내려주십시오! 소장이 어명을 받들어 저 잔악무도하고 배은망덕한 놈들을 처단할 수 있게 해주십시오!"

"…기다려."

"하지만 시간이 별로 없습니다! 지금 적군이 코앞으로 들이닥치고 있는 판국에 더 이상 토벌을 미룰 수는 없습니다!"

카미엘은 이내 검을 거두었다.

스릉, 척!

"자, 장군?"

"가자."

"이, 이러시면 안 됩니다! 수도로 돌아가시면 참수형을 당하실 겁니다!"

"그래도 별수 없다. 배가 고파서 변절자가 된 백성들을 도대체 어떻게 토벌하라는 것인가?"

"백성이 아니라 반란군입니다! 저들은 폭도란 말입니다!"

"폭도……"

귀족들을 잡아 죽이고 영지군을 격파한 시민군은 곡간에 쌓여 있는 군량을 풀어 백성들을 구제하고 있었다.

과연 저들이 잔악무도하다고 할 수 있을지 카미엘은 올바른 판단이 서지 않았다.

그는 차라리 자신이 죽겠노라 다짐하고 토벌전을 되돌리려는 것이다.

챙!

엘란트라는 그런 카미엘의 목덜미에 검을 겨누었다.

"…뭐 하는 짓인가?"

"장군, 장군께서 변절자가 되신다면 소장이 직접 목을 칠 것입니다."

"상관에게 이래도 되는 건가?"

"변절자는 상관이 아닙니다! 아니, 그전에 군인으로서의 긍지를 잃어버린 졸부에 불과합니다!"

카미엘은 거두었던 검을 뽑아 들었다.

스릉!

"좋아, 나를 죽이고 사령관이 되겠다면 말리지 않겠다."

"일대일로 겨루자는 말입니까?"

"그렇다."

엘란트라는 고개를 가로저었다.

"아닙니다. 그럴 시간이 없어요."

"…뭐라?"

"이미 저를 비롯한 모든 장수들이 결의했습니다. 사령관님께서 변절자가 된다면 곧바로 목을 치기로 말입니다."

카미엘은 실소를 흘렸다.

"후후, 처음부터 다들 작정을 하고 있던 모양이군."

"언젠가 말씀하셨습니다. 혁명은 올바른 생각을 가진 사람 한 명이 이뤄내는 것이라고 말입니다."

"그랬지."

"그 가르침, 오늘 저희들이 가슴 깊이 새길 요량입니다."

카미엘은 더 이상 자신이 이곳에 있을 수 없다는 것을 깨달았다.

그는 말고삐를 당겼다.

"이랴!"

"뭐, 뭐 하시는 겁니까?!"

순간적으로 말고삐를 당겨 주변을 혼란에 빠뜨린 카미엘은 곧장 엘란트라의 군마를 칼로 베어버렸다.

촤락!

이힝힝!

"크헉!"

엘란트라가 낙마하자 카미엘의 옆으로 작은 틈이 생겼다.

"달려라!"

카미엘의 군마가 엄청난 돌파력으로 진영을 이탈하여 내달리자 각 장수들이 제대에 추격 명령을 내렸다.

"잡아라! 사령관이 변절하였다!"

"예!"

이미 장수들은 카미엘을 사령관의 자리에서 끌어내리기 위해 작당을 한 모양인지 군사들의 움직임이 아주 자연스러웠다.

그는 이제 자신의 시대가 저물고 있다고 느꼈다.

'내 시대가 이렇게 지는군. 나는 역사에 변절자로 기록될 것이다. 하지만 후회는 없다!'

카미엘은 숲속으로 말을 몰아 사라져 버렸다.

　　　*　　　　*　　　　*

　루멘트의 불세출 영웅으로 불리던 카미엘이 사라지고 나자 칼리어스는 공격의 고삐를 더욱 강하게 움켜쥐고 진격에 박차를 가했다.

　개전 한 달 후, 칼리어스는 불과 두 달 만에 루멘트를 점령하고 전 대륙 통일이라는 위엄을 달성하였다.

　루멘트의 옛 수도 수프리나에서 열린 개전 축제에는 칼번을 칭송하는 목소리만이 울려 퍼지고 있었다.

　"황제 폐하 만세!"

　"칼리어스 제국이여, 영원하라!"

　지금까지 칼리어스가 루멘트로 진격하면서 죽인 병사의 숫자는 고작 2천여. 칼리어스가 일으킨 병력에 비하면 상당히 적은 희생이었다.

　그들은 진군하는 길목마다 사자를 보내어 항복을 종용하였고, 백기가 내걸리면 그 어떤 압력도 행사하지 않았다.

　만약 반항하는 병사들이 있다면 과감히 검을 휘둘렀으나 자신들의 대의에 동참하는 사람들에겐 관용을 베풀고 구휼미를 나누어주었다.

　이런 칼리어스의 행보는 백성들의 칭송을 얻기에 충분했

고, 지금 칼번의 인기는 하늘을 찌를 듯이 드높아져 있는 상태였다.

칼번의 이름과 제국을 칭송하는 노랫소리가 울려 퍼지는 축제의 현장에는 검은 로브를 뒤집어쓴 카미엘도 끼어 있었다.

그는 춤추고 노래하는 사람들 틈을 지나 칼번의 코앞까지 다가갔다.

"마시자!"

"와아아아아!"

술을 마시던 칼번이 이내 손을 높이 들어 백성들에게 조용히 할 것을 명령했다.

"쉿!"

"조용히 하시오! 폐하께서 하실 말씀이 있다고 하시오!"

칼번은 웃고 떠드는 백성들을 진정시키고 이내 엄숙한 표정으로 잔을 들었다.

"모두들 잔을 채워라!"

그의 지시에 따라 모든 백성들이 하나도 빠짐없이 잔을 채웠다.

대륙 곳곳에서 모여든 백성들이 잔을 채워 나갈 때쯤 칼번이 외쳤다.

"자유를 수호하다 죽은 젊은이들이 많다! 우리는 그들이 어떻게 죽었든 간에 명예롭게 갔다는 것을 알아야 한다!"

"……."

"이 자리를 빌려서 엄숙하게 선포한다! 우리는 전사한 이들에게 영웅 대접을 해주어야 할 것이며, 그들이 자유의 수호자라는 사실을 대대손손 기억하게 할 것이다!"

이윽고 칼번이 잔을 높이 들었다.

"모두 잘 가시오! 편안히 지내시오!"

"잘 가시오!"

전 대륙의 백성들이 하나가 되어 술잔을 넘기는 광경은 그야말로 장관이라고 할 만했다.

아마 전쟁통에 죽어나간 사람들 역시 이 정도의 의식이면 섭섭지 않을 것 같다는 생각이 들 정도였다.

카미엘은 자신의 앞에 서 있는 칼번을 바라보며 도저히 고개를 들 수가 없었다.

그는 진정으로 백성과 하나가 되는 방법을 알고 있었으며 가식이 아닌 진실로 정치를 행하고 있었다.

그에 비해 카미엘은 가슴속에 있는 이상을 실현하지 못하고 결국 배신자로 전락하여 떠돌이 신세가 되어버렸다.

'나는 패배자다. 내가 진정한 패배자다.'

전쟁에서 패배하는 것은 비단 전투에서 졌다고 결정되는 것이 아니었다.

이념, 그 전쟁을 벌인 사람의 이념이 관철되었을 때 비로소 전쟁에서 이겼다고 말 할 수 있었다.

사람은 이념 하나 때문에 목숨을 걸 때도 있지만 그 이념 하나로 대통합을 이뤄낼 수도 있는 법이다.

칼번은 그것을 실현시켰고, 유일무이한 통일 왕조를 이룩하게 된 것이다.

카미엘은 더 이상 대륙에 머물 수 없다고 생각했다.

'나아가야 한다. 나만의 세상을 만들어야 한다.'

그는 주머니 속에 소중히 간직하고 있던 마법의 돌을 꺼냈다.

마법의 돌은 소유한 자의 소원을 한 가지 들어준다는 전설의 신물로, 그가 처음 마법을 배운 스승이 남기고 간 유품이다.

스승은 유품을 남기면서 이런 얘기를 했다.

'언젠가 네가 삶보다 더 지독한 고통을 만났을 때, 죽음 대신 다른 길을 선택할 수 있을 것이다.'

처음에 카미엘은 그 소리가 무슨 소리인지 이해할 수 없었다. 하지만 지금은 그 소리가 무슨 소리인지 십분 이해가 됐다.

카미엘은 이 세상에서 자신이 없어져야 한다고 생각했다.

'나는 간다!'

잠시 후, 그는 마법의 돌을 심장 깊숙이 흡수시켰다.

꿀꺽!

마법의 돌을 삼킨 카미엘은 조용히 눈을 감았다.

*　　　*　　　*

서기 2001년 서울, 은발의 청년이 명동 거리를 거닐고 있다.

그는 반짝거리는 은회색 머리카락에 금빛 눈동자를 가지고 있었는데, 그 모습이 마치 동화에서 보던 요정과 같았다.

청년의 발걸음은 아주 가볍고 부드러웠으며, 그 날렵한 몸매에선 말로 형언할 수 없는 묵직한 카리스마가 흘러나오고 있었다.

그런 그에게 한 여인이 다가왔다.

"카미엘 님, 이곳이 계셨군요."

"…일레이나, 자네는 진정한 자유가 무엇이라고 생각하나?"

"예?"

"자유 말이야. 진정한 자유란 무엇인 것 같은가?"

만민 평등의 세상을 만들겠다며 계몽운동을 펼치고 전쟁까지 불사하던 인류는 결국 여전히 전쟁과 기아에 시달리고 있었다.

물론 선진국이나 개발도상국과 같은 나라의 시민들은 최소한 밥은 굶지 않으며 살 수 있었다.

하지만 그것도 소외 계층이나 사회의 약자들에겐 해당 사항이 없었다.

그는 기아와는 전혀 상관 없이 살아가는 저 사람들을 볼 때마다 분노가 치밀어 올랐다.

"신이 존재한다면 이 세상은 한 번쯤 참회의 시간을 갖게 될 것이다."

"카미엘 님……."

일레이나는 그의 손을 꼭 잡으며 말했다.

"당신께서 이 세상의 새로운 신이 될 겁니다."

"나는 신이 아니다. 신의 대리인일 뿐이지. 나 역시 인간이니 언젠가는 신의 재판을 받게 될 것이다."

카미엘은 이 세상이 원하는 것을 모두 가졌으니 이제는 혹독한 대가를 치를 때가 왔다고 생각했다.

"신은 이 세상을 혼돈에서 창조하였고, 혼란으로 벌할 것이다. 우리 천하마술단은 이 세상에 혼돈과 혼란을 다시 가져다주고 참회의 시간을 얻어낼 것이다."

"물론입니다."

카미엘은 눈을 감고 자신이 늘 동경해 오던 칼번을 떠올렸다.

'이제 나는 당신을 뛰어넘는 남자가 될 것이다! 두고 봐라! 이곳이 바로 유토피아가 될 것이다!'

그는 다시 한 번 굳은 결의를 다졌다.

『도시 무왕 연대기』12권에 계속…

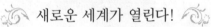

초대형 24시 만화방

신간 100%, 샤워실, 흡연실, 수면실(침대석), 커플석, 세탁기 완비

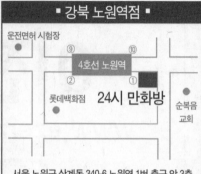
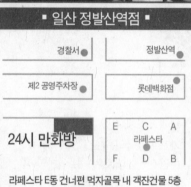
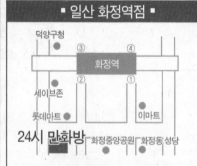
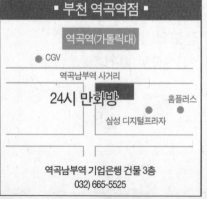
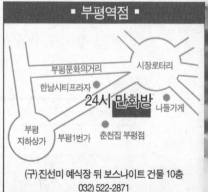

MAJOR LEAGUER
메이저리거
FUSION FANTASTIC STORY
강성곤 장편 소설
꿈꾸는 자에게 불가능은 없다!
『메이저리거』
불의의 사고로 접어야만 했던 야구 선수의 꿈.
모든 걸 포기한 채 평범한 삶을 살던
민우에게 일어난 기적!
"갑자기 이게 무슨 일이지?"
그의 눈앞에 나타난 의미 모를 기호와 수치들.
그리고 눈에 띈 한 단어.
'타자(Batter)'
특별한 능력을 얻게 된 민우의
메이저리그 진출기가 시작된다!
Book Publishing CHUNGEORAM
유행이 아닌 자유추구 -
WWW.chungeoram.com

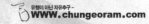

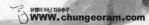

최연소 장군 아버지의 뒤를 따라 군에서 승승장구하던 하진.
어느 날 방산비리에 연루된 아버지의 잠적으로
가정이 풍비박산이 난다.

자포자기하며 방황하던 하진은
어느 날 골동품을 파는 노파를 돕고
기묘한 느낌이 드는 목함을 손에 넣게 되는데······.

그리고 그를 찾아온 빚쟁이들과 쏟아지는 폭력 속에서
목함은 하진을 기묘한 세상으로 이끈다!

『무한 레벨업』

살아남아라! 그리고 재패하라!
패왕의 인장을 손에 넣은 하진의 이계 정복기!

현윤 퓨전 판타지 소설
FUSION FANTASTIC STORY

Book Publishing CHUNGEORAM

유행이 아닌 자유추구 —
WWW.chungeoram.com

박선우 장편소설
FUSION FANTASTIC STORY

멋진 인생
Wonderful Life

태어나며 손에 쥔 것이라고는 가난뿐.

그러나 내게는 온몸을 불사를 열정과
목숨처럼 소중한 사랑이 있었다.

『멋진 인생』

모두가 우러러보는 최고의 직장이자 가장 치열한 전쟁터,
천하그룹!

승진에 삶을 바친 야수들의 세계에서 우뚝 서게 되는
박강호의 치열하지만 낭만적인 이야기!

강준현 장편소설
FUSION FANTASTIC STORY

인생을

반꿔라

『복수의 길』, 『개척자』 강준현 작가의
2016년 신작!

자신이 무엇인지 알지 못하는 정신체, 염.
세상을 떠돌며 사람의 몸속으로 들어가
에너지를 얻고 나오길 반복하던 어느 날.

사고로 인한 하반신 마비, 애인의 이별 선언,
삶에 지쳐 자살하려는 김철의 몸에 들어가게 되는데……

"뭐, 뭐야! 아직도 못 벗어났단 말이야?"

새로운 삶을 살리라,
정처 없이 떠돌던 그의 인생 개척이 시작된다!

"어떤 삶인지 궁금하다고? 그럼 한번 따라와 봐."

Book Publishing CHUNGEORAM